RABHIA

Lucílio Manjate

RABHIA

kapulana

São Paulo
2022

Copyright©2017 Lucílio Manjate.
Copyright©2021 Editora Kapulana.

Grafia atualizada segundo o Acordo Ortográfico da Língua Portuguesa de 1990, em vigor no Brasil a partir de 2009. Em casos de dupla grafia, optou-se pela versão em uso no Brasil.

Direção editorial:	Rosana M. Weg
Projeto gráfico:	Daniela Miwa Taira
Capa:	Daniela Miwa Taira

Dados Internacionais de Catalogação na Publicação (CIP)
(Câmara Brasileira do Livro, SP, Brasil)

Manjate, Lucílio
　Rabhia/ Lucílio Manjate. -- São Paulo: Kapulana Publicacoes, 2022.

　ISBN 978-65-87231-15-0

　1. Ficção moçambicana (Português) I. Título.

22-96496　　　　　　　　　　　　　　　　　CDD-M869.3

Índices para catálogo sistemático:
Dados internacionais de Catalogação na Publicação (CIP)
(Câmara Brasileira do Livro)

1. Ficção : Literatura moçambicana em português M869.3
Aline Graziele Benitez - Bibliotecária - CRB-1/3129

CULTURA
DIREÇÃO-GERAL DO LIVRO, DOS ARQUIVOS E DAS BIBLIOTECAS

2022

Reprodução proibida (Lei 9.610/98).
Todos os direitos desta edição reservados à Editora Kapulana Ltda.
Av. Francisco Matarazzo, 1752 – cj. 1604 – CEP 05001-200 – São Paulo – SP – Brasil
www.kapulana.com.br

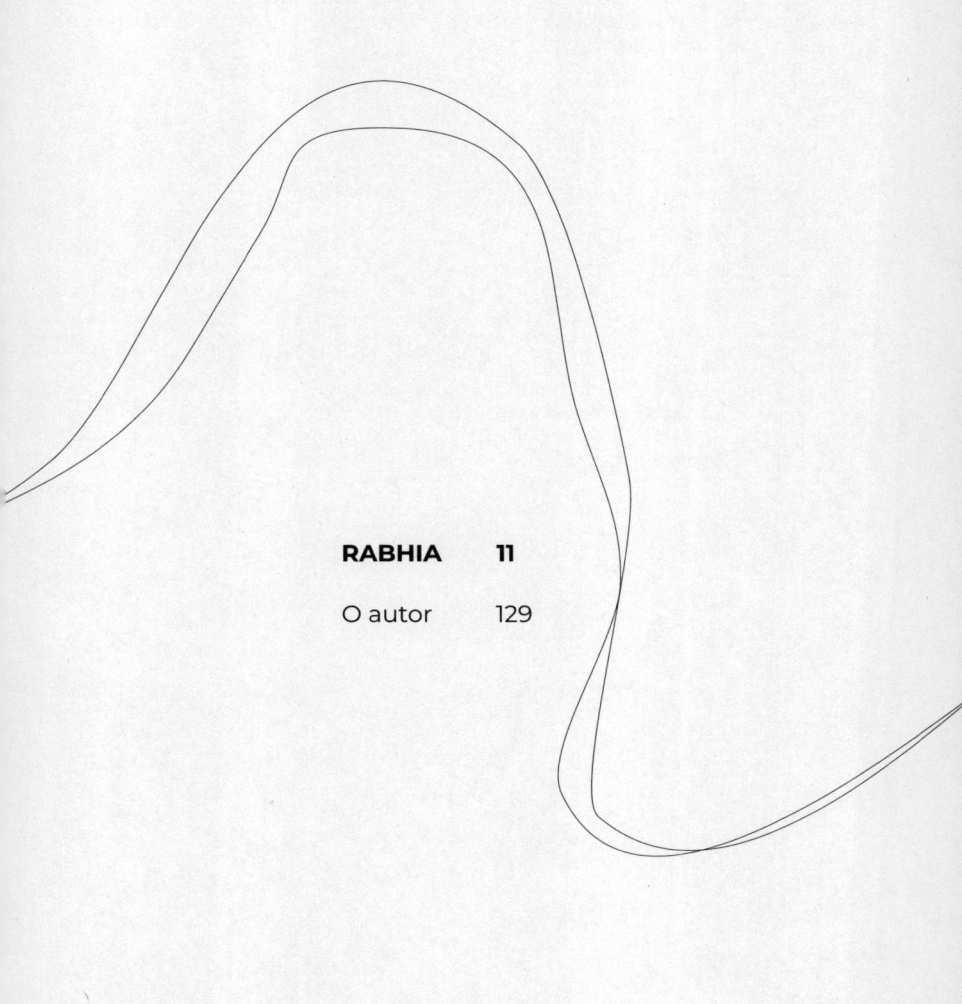

RABHIA 11

O autor 129

Para

Wêzu
Tiyani
Márcia

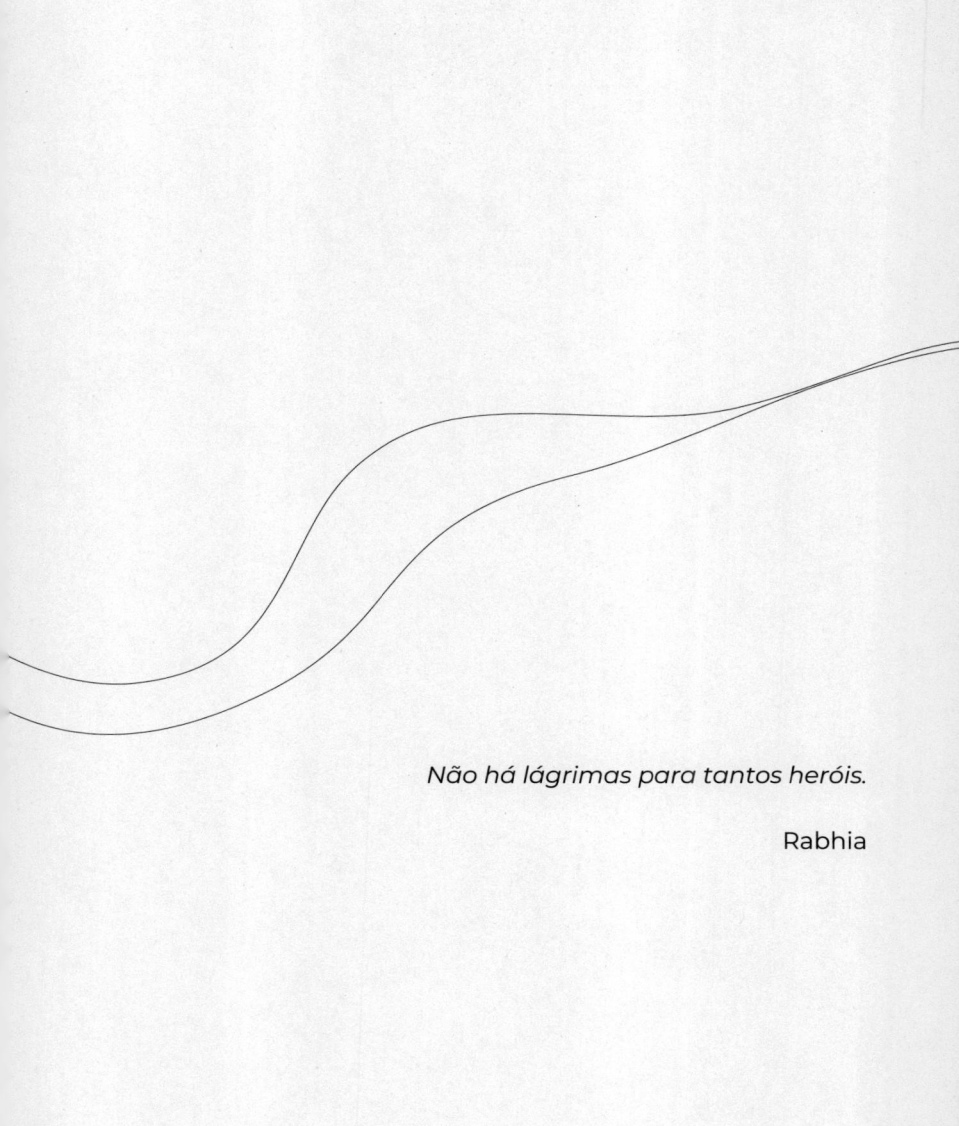

Não há lágrimas para tantos heróis.

Rabhia

1

"Com tudo, somos maningue¹ felizes..."
   O estagiário manteve-se calado junto à janela, enquanto imaginava um velho parado no meio da estrada. Era a única forma de disfarçar a expectativa de ouvir o agente Sthoe esclarecer a frase lacónica, a mesma frase a que nunca se habituara desde que chegara ao gabinete recomendado e protegido pela patente do Comandante Vanimal, brigadeiro de quem o jovem disse ser o único sobrinho e que o tio o cumprimentava em memória dos velhos tempos...
   — Vanimal!?... — procurou o agente.
   Precavido pelo tio sobre como era certa a dissimulação do velho amigo, pois que com os da sua estirpe Sthoe jamais desejaria se cruzar em vida, o estagiário acrescentou que o tio mandara informar, caso não estivesse recordado, que como um engenhoso fora da lei tinha-o em muita estima...
   — Ele disse isso? — quis saber o polícia, esboçando um sorriso conivente.
   — Desculpa, mas se eu não dissesse...
   — Deixa estar, é a cara do teu tio... Senta-te.
   — Mas é verdade?! — perguntou o estagiário, arrancando de um canto uma cadeira em desuso desde que Sthoe, venerando o dia em que decidiu *apanhar os criminosos*, conservou num museu

---

¹ maningue: muito.

de memória. Sthoe esperou o jovem sentar e depois fitou aqueles olhos muito curiosos:

— A verdade acaba de morrer, miúdo... — disse finalmente, com a fria e irrevogável determinação de um pai.

— Desculpa... — aceitou o jovem, encolhido. Quis debater que havia uma verdade, mas não conseguia encarar o homem de barba ruça, de pé, a tamborilar os dedos sobre uma antiga secretária[2] metálica com tampo em madeira termolaminada, hoje a arrancar a admiração do clássico ao velho saudosista, o mais primeiro-republicano, herdeiro funcionário público de um 8 de Março, dia em que um alto dirigente, pousando as mãos firmes sobre os seus ombros, o dissera em tom muito confidencial:

— A trabalhar também se aprende, camarada! Você é esperto: apanhe os criminosos, leve-os à Justiça e serão reeducados.

Mas Sthoe já fora grave e inacessível, quando começaram a aparecer os primeiros licenciados exibindo os respectivos diplomas em Ciências Policiais, de quem os estágios devia orientar. Agora é um homem sem rotina, dado aos sabores que ainda lhe reserva o parco cabelo grisalho na calvície sempre suada por causa do uísque. Desde que fizera cinquenta anos, entretanto, invertendo o hábito, passou a beber com a parcimônia de quem descobre a que sabe a vida, pois, nessa noite, a música de Eugénio Mucavele haveria de tocar-lhe o espírito.

> *Patrão niholele*
> *chavelela muti wanga utakasika hi ndlala*
> *N'wive ni magolo yakurhangela tikomponi*
> *namuhla mayencela ma mihlula moxanisa tindota*
> *namuhla mayencela ma mihlula moxanisa vatirhi*
> *N'wixaveleli madiploma hi kufela wu gerente*
> *inji waki uvona vutivi vaxavisa xanana?*
> *Namuhla ka tikomponi kuni sviterika*
> *kupfurha ni michini hi luza vukosi la hina*

---

[2] secretária: mesa de trabalho; escrivaninha.

Vasati va hina vafundha ni svahava hi ndlala kuhahluka ni miti hi mhakeni ya wusingi.[3]

Recordou-se então da sua história, e numa voz embargada pelo desgosto, sussurrou na escuridão do gabinete: — Estou velho, pobre e triste... — Desligou a música.
— É isso, rapaz, morreu. A minha, a tua, todas as verdades, seja lá quem as invente.
— Desculpa!
— Pedes muitas desculpas...
Fez uma pausa e acendeu o cigarro, depois, encarando o estagiário, continuou:
— Não me peças desculpas.
— Por quê?!
— Porque jamais te pedirei...
O jovem sentiu a humilhação amargar-lhe a boca. As palavras e os gestos sentenciosos lembravam-lhe os modos do tio. Ainda pensava nisso quando ouviu "A vida é um erro que só a morte conserta".
Agora apeteceu-lhe mesmo chorar, deu-lhe um nó na garganta. Por uma razão que jamais direi, recordou-se do pai já morto, mas Sthoe, adivinhando-lhe os sentimentos, volveu:
— Contudo, somos maningue felizes — e animou aquele primeiro contato, mas, desde esse dia, só meses depois o estagiário entenderia a frase.

---

[3] Patrão pague-me o salário / pense na minha família que irá sucumbir de fome / Precipitaram-se em querer liderar as empresas / Hoje não são capazes de as gerir melhor / e fazem sofrer os trabalhadores / Compraram diplomas para tornarem-se gestores de empresas / alguma vez se vendeu conhecimento? / Hoje ocorrem greves nas empresas / ardem máquinas, perdemos a nossa riqueza / As nossas mulheres aprendem imoralidades por causa da fome / Lares se destroem por causa do adultério.

2

— Hoje não queres a frase?!
Calaram-se os dois, cada um com seus próprios argumentos. Para Sthoe, não cabia ao mestre teorizar a prática. Que o estagiário observasse e aprendesse, fizesse até o sentido inverso, se tivesse que ser.
O estagiário, por sua vez, permanecia à janela e ignorava-o. Cansou-se de esperar por aquele significado, cansou-se da sua figura aparentemente rude, das suas manias, que agora acreditava no seu caráter campônio, como garantira o tio, sempre a falar mal do homem, pois o mundo era o que era por causa do Sthoe, esse sim, era capaz de qualquer pecado.
Para o Comandante Vanimal, como o tio queria que o tratassem, não escapando à imposição até a cândida esposa, Dona Flor, continente mesmo nos momentos de intimidade do casal, não havia homem mais covarde que o Sthoe, um *mambatxi*, um verdadeiro merda, sacana, não devia estar ainda vivo. Não, não um gajo capaz de fazer o que ele fez à mulher! Se não fosse o único a saber, detonava o gajo, juro-te pelas vidas que tirei que o detonava, sobrinho. É um *brute*, contrário ao *amor fati*, finalizou um dia em latim. Era seu hábito fazer tiradas em latim, depois de esvaziar cinco litros de vinho. Aí recordava-se das missas rezadas na romana língua durante a sua curta passagem pelo Seminário Menor do Zóbuè, em 1963. Nesse ano aprendeu

do vinho, às horas do almoço, ouvindo pela boca de um Padre de nome Miguel, um velhote português com mais de cinquenta Páscoas em África, a história das melhores castas, dos mais preferíveis vinhos que chegavam a casa paroquial e que o abade fazia questão de partilhar, nos almoços de domingo, com o então Vasco, o mais jovem seminarista de Zóbuè, jovem respeitoso e obviamente temente a Deus, até ao dia em que o Padre Miguel ouviu, como nunca ouvira escapando-se de quarto algum em terras africanas, o grunhido devasso e libidinoso de uma irmã de nome Piedade, responsável única pela saúde das margaridas e açucenas do prior:

— Vá, animal, todo esse falo... todinho...

Nessa mesma noite, Vasco foi expulso, escapando à tortura mercê da pronta intervenção do Padre Mateus Pinho Gwengere, um negro cansado das injustiças coloniais e que por aquelas alturas, de visita à Igreja da Província de Sofala, pernoitara no Seminário.

Fora do amuralhado do Seminário Menor, três anos depois, Vasco foi recrutado pelo Conselho Nacional de Comando e seguiu para treinamento militar em Nashingwea. No primeiro dia de treinos, o instrutor Inimigo informou aos *congunháveis*, forma desprezível como amiudamente tratava os mancebos, que cada um tinha o direito de escolher um nome de guerra pelo qual desejaria ser sepultado. Contrariando os camaradas, muito arraigados a nomes de antepassados heroicos da savana africana, como o jovem macambúzio ao seu lado, que se orgulhava de ter Sthoe como seu primeiro nome, tudo graças à argúcia do pai, Segundo Sthoe, em convencer a Conservatória portuguesa a colocá-lo o nome de um antepassado-avô, o único que em Gaza integrara, no ano de 1895, a seção de reconhecimento que devia orientar a resistência do Império à campanha armada portuguesa, Vasco disse

— Vanimal... — com um indisfarçável rasgo de emoção nos olhos.

Rabhia

O instrutor Inimigo, um china que viria a morrer, anos depois, horas antes da proclamação da independência, ainda parou uns segundos fitando o jovem, sem saber se perguntava de onde tinha aquele imberbe sacado um nome tão original. Mas desistiu, e até disse — Bem-vindo à guerra, meu animal!

— Não queres mesmo saber o que significa a frase? — insistiu o agente Sthoe.

O estagiário não quis saber. Afastou-se da janela enquanto pensava no velho que imaginava parado no cruzamento entre as duas avenidas que via do primeiro andar do gabinete. Devia vir da Baixa. Trazia um bastão e um fardo às costas. Certamente um fardo de coisas envelhecidas. E esta gente que não para de buzinar! De certeza que aquilo estragava-lhe o pensamento. Os velhos não gostam muito de bastões, mas adoram formigas, por isso falam sozinhos. Parou e observou a obstrução dos sentidos. Sorriu, triste e cansado; pousou o fardo no meio da estrada e retirou da serrapilheira... rapé, só pode ser rapé, e fungou.

— As formigas, minhas amigas... Aprendam com elas, seus burros... — acho que foi o que disse antes de imitar os polícias de trânsito. E de facto desfez o engarrafamento, mas nenhum motorista o agradeceu, acho que viam um louco, porque toda a gente o contornou indiferente aos gestos secos mas vigorosos.

— O mestre tem razão, somos mesmo felizes... — disse, finalmente, o estagiário.

Sthoe achou graça que o discípulo entrasse no seu jogo, isso permitia-lhe sondar os sentimentos do jovem, os seus medos, as suas ambições, conhecer o homenzinho por detrás daquela figura estupidamente deslumbrada com a ideia de vir a tornar--se um verdadeiro investigador policial. E a ironia no tom de voz! É uma provocação, o puto[4] perdeu a reserva. Ainda não

---

[4] puto: jovem; rapaz; menino.

completou os seis meses e o gajo já perdeu a reserva; é capaz de mostrar que tem faro para estas coisas, pelo menos vai tentar, e é bom que tenha, não vá o carrasco do Vanimal mandar-me uma criança às portas da reforma, se bem que aquele sacana era bem...

Três grossas pancadas soaram, simétricas, sobre a porta do gabinete. Mestre e discípulo encararam-se, subitamente cúmplices. Ambos conheciam o código, mas apenas Sthoe sabia verdadeiramente o significado daquele toc, toc, toc.

3

Os olhos escuros e distantes, de um silêncio frio e empedrado, permanecem abertos, alheios às amoras que dançam à brisa das manhãs do Bairro Luís Cabral, típicas nos seus aromas gerais a *mbaula* queimada, a ironia do tempo que neles se extinguiu.

O corpo foi descoberto na Rua da Candonga pelos madrugadores do bairro, os saqueadores de futuros, gente que se empoleira nas carruagens dos comboios e, contra os balázios de milicianos vigilantes, de pé, sobre a mercadoria, aposta em morrer só depois de descer às mulheres, camufladas na moita rente aos carris, o sal para temperar o carapau, o açúcar para adoçicar o refrigerante *maheu* e a *mbaula*, o carvão mineral das terras de Moatize para saciar a fome dos cabralenses e iluminar o futuro em pequenas tábuas que Ti Castigo, um velho e triste carpinteiro do bairro, oferece às crianças depois de as obrigar a irem à escola, as madeiras no regaço, e acertarem, de punho em riste, a matemática dos sonhos antigos dos avós.

Habituadas a cruzarem-se com a jovem pela madrugada, as donas cabralenses, há muito dominadas por um ciúme visceral, refém da beleza ameaçadora da estabilidade dos seus lares, ao verem-na estirada na areia, desta vez não vituperaram tal beleza em gargalhadas tão dissonantes a ponto de os vira-latas, acicatados por tão feias palavras, ladrarem e lutarem entre si. Remeteram-se também as senhoras a um silêncio fúnebre, não disseram que aquela beleza era cativa do andar da moça, muito próprio de quem vê para além do comum mortal. E por não terem dito isto, também os homens não responderam, contra a ironia das suas mulheres, que aquele jeito de andar da jovem é que a fazia dona do seu destino.

Nesse dia, o sal, o açúcar e o carvão foram esquecidos, o comboio chegou sem sobressaltos. Nunca se ouvira madrugada mais silenciosa no bairro, sem as ordens das balas na mira dos saqueadores. Desta vez, as ordens eram tacitamente outras, espalhar a notícia: a prostituta mais amada e odiada do Bairro Luís Cabral morreu.

A Rua da Candonga toda acordou. Em poucos minutos, o alvoroço correu todo bairro e os arrabaldes encheram-se de uma curiosidade ávida em testemunhar o ocaso da jovem:

— Isto só pode ser feitiço das outras...

— Também, ela nem sequer tinha um ano aqui e já todos a queriam...

Habituais são as palavras de ocasião, as populares presunções, as feias opiniões e os encômios que dizem mais do adulador que da finada:

— Deixem lá a alma desta jovem em paz, pelo menos ela beneficiou-se da morte a dormir...

— Ah, hmm, dormir ela gostava bem... — interrompeu a chefe do quarteirão Dona Amargarida, senhora de feio verbo, segundo os cabralenses que a puseram a alcunha.

— Camarada Amargarida, congratulemo-nos, mas é, por esse feito e votemos que mais mortes assim ocorram aqui no bairro, sem pneus, linchamentos, essas coisas. Nisso ela foi exemplar — objetou o chefe do quarteirão.

Alguém disse que era preciso chamar a polícia.

— Tsa, tsa, tsa; e quando vai chegar, essa? — desencorajou Amargarida. Seguiram-se os murmúrios próprios dos bairros de madeira e zinco e, num ataque de nervos, pregos e parafusos

soltaram-se, vigas e ripas caíram, as chapas voaram:
— Mas qual é tua ideia, então, amiga Margarida — quis saber uma vizinha, a única que não se atrevia a usar a alcunha desde há um ano, quando pediu emprestado a acha de fogo que agora, para seu espanto e medo, Amargarida reclama a devolução, e de noite, conforme as circunstâncias do empréstimo.
— Ela não tinha ideia, agora eu vou ter? Arri... Andava aí, assim... — retrucou Amargarida enquanto fazia a posição da cadela em cio, a receber de todos os machos; depois sentenciou:
— Então deixa também aí, com o tempo, conforme viveu.
Levantaram-se muitos protestos e contra todos os medos e superstições, a devedora do fogo teve mesmo que diagnosticar, em alto e bom-tom:
— Você está maluca, Amargarida.
— Maluca, eu?! Anda lá, vou-te ensinar onde está a maluquice — e fez um nó providencial à capulana desbotada, pois não queria protagonizar ali uma peleja de matronas, cujos requintes concupiscentes dificilmente escasseariam e só passados longos anos deixariam de ser notícia, não fossem raras as novidades nestes bairros, que sobrevivem séculos mercê do comentário anedótico de casos pródigos em colocá-los em contato com um mundo esquecido que eles existem. Assim aconteceu com a morte da prostituta, ao colocar o nome de Luís Cabral ou Xinhambanine, conforme o gosto dos editores, nos noticiários televisivos e radiofônicos do país, sem excluir toda a imprensa sensacionalista que conseguiu, antes mesmo de chegar à Rua da Candonga, fotografias do corpo esquartejado e uma informação adicional citando supostos residentes da rua, para quem *os engomadores* eram os autores morais e materiais do crime macabro, numa referência destemida a um grupo de marginais que arrombava as casas no subúrbio e passava os residentes com um ferro de engomar em brasa até perderem a vida. No caso da vítima, dizia o jornal, numa nota entre a ignorância e a estupidez:

> *Depois de a engomarem, os malfeitores trincharam o corpo. Segundo o Porta-voz da PRM ao nível da Cidade de Maputo, Jorge Vinagre, a Polícia está no encalço dos famigerados engomadores, nome de medo e terror que criativamente esconde nos subúrbios o tão apreciado instrumento de aprumo e tem obrigado, durante meses, pais e mães de famílias numerosas a chegarem aos seus locais de trabalho sem o requinte da gente pobre e humilde. A Polícia garante que não vai baixar a guarda enquanto não os levar à barra do tribunal.*

Foi contra a vontade da Amargarida que o caso chegou à Polícia, graças a pronta ligação de um cabralense para um famoso canal de televisão a participar o caso da morte.

Enquanto mais gente acorria para testemunhar o fim da prostituta mais amada e odiada do Bairro Xinhambanine, um carro entrou disparado pela Rua da Candonga e dois homens saltaram com os seus instrumentos de luz e cor antes mesmo de o veículo abrandar a marcha. Nesse dia, para tédio de Ti Castigo, os miúdos faltariam a escola, porque ficaram a saltar e a rir e a mandar beijinhos diante da objetiva do homem da câmera.

A notícia foi difundida em direto pelo canal de televisão. Como soubesse que o chefe andava à caça de casos mediatizados, mas não muito complicados, que lhe permitissem uma saída airosa para uma reforma que o tornasse vitalício de uma insígnia e suas benesses, a secretária do agente Sthoe, cuja agenda, entre as seis da manhã e o meio-dia, era encontrar casos de gênero, sobretudo difundidos por aquele canal televisivo, mordeu o lábio inferior de contentamento e correu à porta do chefe. Do outro lado, três grossas pancadas soaram, simétricas.

4

Ao chegarem à Rua da Candonga, um ritual exorcista impediu os agentes de isolarem e lerem o local do crime. O ritual era presidido por um velho de nome Muzivhi, o mesmo que sábio, em Ndau, homem residente no bairro e respeitado por muitos, com tal reverência que o voto da maioria levou a que a polícia fosse dispensada a favor da sua sabedoria.

O ancião evocara os antepassados da jovem para que dissessem a razão daquele infortúnio, pois, segundo o vulgo, não convém que homem ou mulher pereça no caminho, sob o risco de darem-se desgraças de proporções fantasmagóricas na boca do povo, como as histórias de bofetadas a transeuntes cujos rostos jamais se esquecem do ato, acabando por ficar desfigurados até a morte, ou de carros que capotam ao tentarem esquivar-se de uma cabra notívaga, ou ainda de pontes que desabam no dia seguinte à inauguração por um incauto governador, que no lugar do tradicional fermentado aspergiu sobre a árvore dos defuntos o álcool de sabor importado.

Quando quis saber o que se passava, Sthoe deu-se conta do silêncio que revestia a multidão de uma expectativa assombrosa nunca por si experimentada. Os olhares de répteis embalsamados na rota de novas tocas anunciavam a fala iminente de Muzivhi:

Ndinoda kuveregera ngano yo musikana uwu wo kuseja...
Uvu muzukuru wangu Rabhia. Inini ndinovereketari ndirimwana

wa surutana wiya ku Angoxe wakaagara pamupando wo hama yo rume ya Inhanadare paanga afa. Rufu uwu wakaphidura magariro wo madzinza anokwana kuyita matatu, no musambo wo wo vanowonerera vana pawukama ngo ukama wo rume, ngokuti hama ya mayi angu yakafa icingazi kusiya unodikana kuzogara pamupando wakewo ari wo rume. Mayi angu vangaari wo ukama unotongwa ngo vanakaji wa Inhamilala, vakavakwa ndi Milindi. Pakafa panga pacina zvinopangijira kuti vanga asya mwana vo kaji unodikwana kuzogara pampado yavanga asya, ngokuti vanho vayizoziya kuti ndiri mwana vavo cibereko co rudo rwavo na Milindi, kudayi ndakatojingiriswa kumutanha wa amambo pandakaviya panyika, ndaka siyiwa no kukanganika ngokuti ndakabarwa ndicina majiso, wiye apana nyika ingatongwa ndi mambo usigakwanisi kuwona kukura kwakayita umambo wake...

Kudayi zveyivereketwa ngo rujinji ro munyikemo, kuti mayi vangu avazi kusiya vayidikana kuzogara pambuto yavo, kufa kwavo kwakabara hondo kuwukama uyiri ngo kuda umambo vakasiyiwari, zvese zvakazopera ngo kugogomeswa kwo ukama Inhanadare wo ku Angoxe....

Ndakavakwa. Zvandinoda kumuvunja ndi izwi kuti pano pakafa mambo wo mwanakaji...

Quando o velho Muzivhi calou-se, a multidão hipnotizada virou a cabeça lentamente e fixou os olhos num jovem adiposo que respondia pelo nome de José Todo Património. Entretanto, José Património, a quem cabia traduzir as palavras do curandeiro, não se apercebeu, permanecia muito atento à figura do ancião, como se a interpretar o silêncio da sua sabedoria. O agente Sthoe achou cômica a coreografia das cabeças curiosas e beliscou o estagiário, sorrindo do absurdo daquela cena. Mas o discípulo, que há muito deixara-se contagiar pela curiosidade dos cabralenses, num aceno de sobrancelhas fingiu concordar com o mestre e voltou a fixar os olhos ignorantes no tradutor:

— *Vou contar-vos a história desta bela jovem...* — começou assim José Património. O estagiário, que não tivera ainda a oportunidade de examinar o cadáver, observou o corpo da bela jovem e ocorreu-lhe dizer que a conhecia, mas o aprendiz de curandeiro prosseguia:

Essa é minha neta Rabhia. Eu que vos falo sou a filha desconhecida da sultana que em Angoxe sucedeu o irmão da linhagem patrilinear de Inhanadare, após a morte deste. Esta morte contrariou a história de três gerações e de um modelo patrilinear direto de sucessão, pois o irmão de minha mãe morreu sem deixar herdeiro homem. A minha mãe era da linhagem matrilinear de Inhamilala e casou-se com Milidi. Após a sua morte, não havia registro de ela ter deixado como descendente uma filha, senão saberiam que sou fruto do amor entre ela e Milidi e que fui expulsa do reino assim que vim ao mundo, abandonada e esquecida porque nasci sem olhos e nenhum reinado é governado por alguém sem a dimensão do seu poder...

Uma vez que, nas palavras dos maiores do reino, minha mãe não deixou descendência, a sua morte desencadeou uma guerra civil pelo poder entre as duas linhagens e que terminou com a expulsão da linhagem Inhanadare de Angoxe...

Estou cansada. O que vos digo é que aqui morreu uma rainha...

— Mas quem confirma esse Património?... — gritou uma voz.

— E qual é o motivo da morte da rainha, meu digníssimo sábio? — gritou, por sua vez, o agente Sthoe, dirigindo-se ao curandeiro de modo que todos o ouvissem. Mas vendo que o velho não o respondia, embora o observasse muito atento, Sthoe insistiu, desta vez dirigindo-se a José Património:

— Vamos, jovem, pergunte aí ao seu mestre: se ele é capaz de saber que esta jovem é descendente de sultões, pode muito bem dar-nos aqui uma ajudinha e explicar as circunstâncias da sua morte.

— Mas o senhor é quem? — perguntou Amargarida, apertando

o nó à capulana desbotada, visivelmente irritada com o tom do agente e disposta a depor o homem.

— Eu sou a autoridade, minha senhora, e neste momento quero saber o que se passa aqui — e voltou o agente a encarar o velho Muzivhi:

— Diga, velhote, quem matou esta jovem?

José Todo Património sussurrou a pergunta aos ouvidos do curandeiro e este anuiu, abanando afirmativamente a cabeça enquanto encarava Sthoe. Segundos depois, o ancião também sussurrou aos ouvidos de José Património uma resposta que pediu que o jovem também dissesse de modo que todos pudessem ouvir:

Esta jovem...
foi punida com a morte por ter ofendido com...
com...
o sexo...
o trabalho das suas mãos — disse o tradutor, ao que se seguiu um murmúrio geral. O agente Sthoe soltou uma gargalhada esfíngica. Para o estagiário, a risada era uma flagrante contradição ao gênio debochado do mestre. Segundos antes, já se dera conta da tensão na resposta truncada de José Património; viu ainda o velho Muzivhi desaparecer entre a multidão assim que a onda daquele murmúrio se fez. Apenas ignorava que esses detalhes foram-lhe revelados pelo corpo sem vida quando José Todo Património disse que Rabhia era bonita.

Voltou a observar o corpo da prostituta. Adivinhou-lhe os cabelos negros e virgens soltos na areia. Pressentiu-lhe a pele escura quente e fresca. Insuflou o perfume das amoras maduras e pareceu-lhe o ofegar que lhe chegava do coração de Rabhia. Viu o sol dançar no corpo da prostituta repartido em mil sois na copa da amoreira e descobriu-lhe as maçãs do rosto pintalgadas de cores que lembravam os prazeres à venda nos cabarés na Baixa da Cidade. Recordou-se do dia em que aqueles prazeres lhe foram interditos pelo tio Comandante Vanimal e ficou apavorado.

Sacudiu a cabeça. De volta à Rabhia, percorreu-lhe o pescoço esguio e adivinhou-lhe os movimentos sensuais dos muitos beijos por dar, sensuais no olhar que cativa e cega, sensuais na voz que expurga a timidez do mais destemido dos homens. Ganhou coragem e ainda que vigiado pelo tio em segundos intermitentes como choques elétricos, percorreu-lhe o corpo inteiro e admirou-lhe o requebro da cintura, o boleado das ancas, a energia dos movimentos, a plasticidade e a sucção dos lábios. E parou nos olhos da prostituta. Olharam-se fixamente. Que diferença faz a vida ou a morte, se isto existe, se isto é intenso, pensou. Mas os olhos de Rabhia permaneciam terrivelmente abertos e frios. Num gesto interior, fechou-lhe as pálpebras e sentiu que era ele quem naquele momento suspirava.

— Não devias ter feito isso, rapaz.

O estagiário saltou.

— A perícia pode precisar desses olhos, e bem abertos.

— Desculpa!

— Tivesses as fotos do cadáver, ao menos. Não basta que observes o corpo, tens que fotografá-lo.

— Desculpa, mestre!

— Lá vens tu com a merda das desculpas. Isole o local e faça as fotos enquanto eu vou à casa da jovem.

— O senhor conhece a casa dela?

— Alguém aqui deve conhecer, miúdo — disse Sthoe, e voltando-se para a multidão, gritou:

— Onde morava a morta?

— Essa aí vivia na dependência, conforme havia cliente. Quando não, estava na Baixa — ouviu-se entre a multidão.

— E onde fica essa dependência?

— Nesta rua mesmo, lááááá, no fundo — apontou uma criança.

— E de quem é?

Houve um murmúrio breve.

— O senhor vai saber depois de chegar, afinal não é autoridade?! — respondeu Amargarida.

5

Vinte anos depois, as formigas voltariam a ver o caos. Sem o costumeiro
bom dia, camarada!
bom dia, como está?
vou carregadíssima, até logo,
em debandada, deixaram cair grãos, migalhas, alguns sáurios e esconderam o sorriso diligente nas gretas das paredes trêmulas de casas cansadas. Surpreendidas a brincar a infância no meio da rua, as crianças fugiram do medo de que nunca aprenderam a tremer e fecharam-se em geleiras e congeladores empilhados no quintal do único reparador do Bairro da Muatala. O comércio rapidamente trancou os preços. Homens e mulheres aprenderam que a memória é uma sombra e fugiram das próprias vidas para destinos incertos. Somente os velhos permaneceram sentados e impávidos à soleira das antigas casas e sorriram do espetáculo do medo e do silêncio pelas ruas, sinais de que as trincheiras tinham sido reabertas, pois naquele dia as armas pincelaram de morte o tempo, a vida e o amor.

Rabhia chegou à Rua dos Sem Medo antes de os tiros recomeçarem. Viajara do distrito de Angoxe, onde aprendera a fiar e a tecer o algodão ainda criança, levando consigo cortinados, roupas de cama e longos vestidos de franjas abaixo dos joelhos. Desde que soube que o homem era um *haji*, em cada final do mês confiava as peças a Boanar Momad, um homem da cor do sol poente, alto e ossudo, motorista profissional ao serviço de uma confraria muçulmana do bairro. Boanar Momad aproveitou-se das viagens que fazia a Maputo e estabeleceu-se como intermediário entre Rabhia e um grupo restrito de senhoras saudosas de um imaginário distante, entre deputadas e algumas mulheres ilustres, que passaram a exibir com galhardia as peças únicas nas suas cores, motivos e feitios.

Depois de se libertar do tráfego, Boanar Momad estacionou a caminhonete diante de uma casa convencional, sem cor e de janelas partidas, cuja entrada frontal, há muito sem porta, dava num longo corredor escuro. Olhou para dentro dessa escuridão e lembrou-se de ouvir o povo dizer que todos os anos, a 1 de Setembro, ouve-se de dentro o eco do arrastar cansado de botas militares, machados contra catanas, gritos de dor e impropérios a um tal José Tristão de Battencourt.

O motorista fez soar a buzina três vezes. Minutos depois, assomou à soleira da casa escura o velho Mussagi. Agarrada a uma das mãos do ancião, Rabhia chegou como uma sombra. Na mão esquerda segurava firme um embrulho de papel cáqui. O velho acompanhou-a à caminhonete de Boanar e só a largou quando Rabhia assentou os dedos, um a um, sobre a chaparia branca e enferrujada e ofereceu ao velho o habitual sorriso de gratidão. O ancião, por sua vez, lançou a Boanar um olhar ameaçador e retornou à entrada da casa, de onde ficou a observar.

— Demoraste...
— Como estás, *muthiana*[5]? — disse Boanar, a sorrir daquele protesto. Era a mesma reclamação de sempre. Rabhia queixava-se desde o segundo encontro, quando levou-lhe a primeira encomenda. Nesse dia Boanar sentiu o coração bater de forma irregular, pois um calor estranho afagou-lhe o coração já velho

---

[5] *muthiana*: menina ou mulher, em língua Macua.

de invernos. O tom daquele protesto denunciava afetos. Ela não está apenas preocupada por causa do atraso na entrega das roupas, afastou o pensamento. Chegou mesmo a confidenciar a suspeita ao velho Mussagi.

— Descobriste o amor?
— Descobrimos os dois.
— Fale por ti.
— Há algum problema?
— É a segunda vez que falas com ela, como sabes que é amor?
— Não é difícil, olha só estas peças... É uma mulher prendada!
— Sim, são únicas...
— São de mãos de mulher, velho... Mulher!... — disse Boanar, radiante.
— Mas tu não conheces essa mulher...
— O que é preciso saber para amar?
— As paixões são passageiras, mas duram para sempre. O amor é respeito, uma mentira consentida...
— O que isso quer dizer?
— O que já devias saber: não se ama o que não se conhece.

Ao terceiro encontro com Rabhia, Boanar Momad haveria de perceber o alcance das palavras do velho Mussagi. Nunca mais voltou a falar no assunto. Certo dia, porém, ao levar Rabhia de volta para dentro da casa escura, vendo que a jovem ia a sorrir de um raro contentamento, o velho Mussagi retornou expedito e antes que Boanar ligasse a ignição do veículo, abriu a porta do lado do passageiro, sentou-se, olhou-o nos olhos e perguntou:

— Confessaste o teu amor?
— Sim, velhote, já; agora mesmo... — disse Boanar, num misto de nervosismo e alívio. E acrescentou a sorrir:
— Já me esquecia destas coisas de voltarmos a ser crianças.
— Então és capaz de ser um homem... — disse o velho Mussagi, também sorridente.
— Mas... Como é que ela consegue?!...
— O quê?

— Costurar as peças: escolher as cores, os desenhos, contar aquelas histórias?!...
— Por quê?
— É que ela é...
— Ela é mulher, Boanar... Não foi o que disseste, no outro dia? — interpôs o velho Mussagi com a voz calma e pausada. Depois deu-lhe três palmadinhas no ombro e abandonou do veículo.

Rabhia ignorou aquele sorriso, repetiu o protesto, desta vez em tom grave:
— Demoraste, Boanar.
— Imaginas, ao menos, a confusão que isto está, hoje?
— É o de sempre, Boanar...
— Este trânsito já teve melhores dias, hoje ninguém cede, ouvi até ameaças...
— Já começaste...
— Tu conheces esta gente, Rabhia...
— *Esta gente* somos nós, Boanar...
— Eu já não acredito nisso.
— Tu nunca acreditaste nem em ti próprio...
— Falas de nós... Dá-me mais um tempo, *muthiana*, só até eu organizar as coisas.
— Pois é... tens o tempo que quiseres, Boanar...
— Para com isso, sabes que te amo.
— O teu amor não tem coragem.
— Estas a dizer que sou um fraco? É isso que pensas de mim?
— O que eu penso ou deixo de pensar...

Três tiros ouviram-se. Depois outros três. O alvoroço instala-se na Rua dos Sem Medo. Mais cinco tiros consecutivos. Rabhia tateia o vazio apavorada, grita ora por Boanar Momad, ora pelo velho Mussagi.

Encostado à entrada da casa escura, abandonado no meio daquele caos, Mussagi fixa o olhar cansado num horizonte agora impossível e sorri. De repente, um jato de sangue rebenta um centímetro abaixo do *keffiyeh* e percorre-lhe a face sulcada por uma solidão que remonta ao ano de 1939, quando no Mossuril viu os pais morrerem no assalto que a 5ª Companhia Indígena de Infantaria infligiu à população que se negava a pagar o imposto de palhota. O rio desagua no *thoub* branco que na manhã daquele dia, diante do espelho, vestiu com muita alegria. O velho cai, contorce o corpo entregue à terra que estremece ao ritmo de outros corpos tombados. "O tempo é como um cavalo selvagem, a vida o cabresto e as esporas", sussurra de olhos fitos na escuridão da casa sempre vazia, e morre.

    Boanar Momad, medroso mas resoluto, coloca Rabhia na cadeira do passageiro e põe a caminhonete em marcha. Em poucos minutos, os tiros ressoam de todas as direções contra todos os destinos. Boanar treme, mas prega o pé no acelerador. Rabhia grita na escuridão em que o mundo se afunda. A caminhonete corre esquiva e veloz, atravessa o cruzamento de balas e eis que ao entrar pela Rua Filipe Samuel Magaia, Momad descobre pelo retrovisor perto de vinte caras petrificadas na traseira do veículo. "A guerra não custa nada", gritou apavorado, enquanto limpava as mãos suadas contra as calças.

    — É filha do espelho... — respondeu Rabhia, ofegante, com os dedos cravados no embrulho de papel cáqui onde levava as peças de roupa.

    Seguiam pela Avenida 25 de Setembro com destino à Rua Macombre, onde Boanar tencionava desenterrar a arma que em 1995 guardou debaixo da cama, não cedendo aos apelos do velho Mussagi, para a trocar por coisa que não lembrasse a guerra. Agora, ao recordar essa discussão, Boanar lamenta a morte do velho amigo, ele devia estar aqui, para ver que eu tinha razão: Onde há paz, a guerra dorme, o senhor mesmo disse. Sim, mas a alegria é passageira, Boanar! Por isso mesmo... é melhor cada um cuidar da sua. Unidos somos mais felizes, Boanar! Cada um chora sozinho, velho, como nascemos.

    Quando contornaram a esquina entre a 25 de Setembro e a

Rua Francisco Matanga, foram interceptados por um caminhão Matchedge. Para os obrigar a parar, o motorista do carro de guerra colocou-se diante de Boanar Momad e afundou o pé no acelerador. Não fosse a sua competência, resultado das incontáveis idas e vindas por aquela estrada, Boanar passaria o resto da vida assombrado por todas as mortes. Entre cedências à vontade da caminhonete e arriscadas manobras em nome de todas as vidas, Momad conseguiu imobilizar o veículo diante do Matchedge. Pregado de susto, desligou o motor e baixou a cabeça.

— Estás bem?

Não teve tempo de ouvir a resposta de Rabhia, um tiro ressoou nos corações em polvorosa. Trêmulo, ergueu a cabeça e divisou, um metro acima do seu para-brisa, o cano de uma Kalachnikov na sua mira, frio e incisivo.

— Estás bem? — voltou a perguntar sem tirar os olhos da arma.

Rabhia libertara-se de todos os medos quando se apercebeu que os velhos da Rua dos Sem Medo, porque se negavam a abandonar o futuro, haveriam de morrer nas solitárias casas como o velho amigo. Imaginou os corpos cansados a tombarem sobre a terra inóspita, imaginou as memórias inéditas abandonadas à putrefação, entregues à baba dos canídeos do fim do mundo. Por isso jurou jamais chorar na vida, não há lágrimas pra esta gente! Tomada a decisão, voltou a sentir o trepidar da caminhonete de Boanar Momad e ouviu o grito dos que iam na traseira do veículo, mas deixou-se serena e impávida, como agora que Boanar volta a perguntar, pela terceira vez, se ela está bem.

— Vai saber o que eles querem.

Boanar largou lentamente o volante. Ia abrir a porta quando ouviu outro tiro do Matchedge. Ficou imóvel. Rabhia também não se mexeu. Na traseira da caminhonete, o medo apinha miseravelmente as carnes.

— Todos para o chão! — dá-se, finalmente, a ordem num berro incógnito. O medo é mais rápido que a coragem; em segundos, estão todos no chão.

— Deitados, e abram as pernas!
Os civis deitam-se e afastam as pernas. Rabhia demora abandonar o veículo até receber a ajuda de Boanar. Depois afasta-se dois metros do seu grupo e recusa-se terminantemente a deitar-se no chão.

Três militares, dois maiores e um jovem, saltam do Matchedge para revistar a caminhonete e seus ocupantes. Chamados a conter os ânimos belicistas da Rua dos Sem Medo, empunham armas que desconfiam de quem se faça à estrada, conforme ordens superiores.

Feita a revista, e como não houvessem encontrado nada que levasse aquela gente imediatamente ao cadafalso, os militares ordenaram os homens e mulheres a permanecerem deitados; o jovem, entretanto, voltou-se para Rabhia, cuja determinação ao recusar deitar-se no chão o admirou:

— Tu deves ser a chefe aqui... Para onde é que iam com tanta velocidade?

— Não sabemos — disse Rabhia, olhando para o lado oposto da pergunta. Afrontado, o jovem empunhou firme a arma e avançou sobre Rabhia, muito incerto sobre o que faria de modo a ensinar àquela jovem altiva e atrevida como se fala a um militar. Resoluto, colocou-se firme a dois palmos do rosto de Rabhia, olhou-a nos olhos e deu dois tiros para o ar. Depois recuou dois passos e apontou-lhe a arma. Ia colar o cano aos seus lábios mas algo o deteve. Olhou-a de cima a baixo. Sobre um longo vestido de alças já velho, em tons indefinidos entre o vermelho e o amarelo, caía uma brisa que o colava ao corpo e deixava a descoberto, sutilmente, quase que respeitosamente, os contornos torneados do corpo virgem e tenso.

Boanar Momad, que recordava agora com saudade as palavras do velho Mussagi e agradecia a Allah por não ter ido a tempo de desenterrar a sua arma, viu a AK-47 do jovem baixar, o cano quente virar contra o chão, e viu também o militar acercar-se de Rabhia sem a mesma tensão na voz, nos gestos e no olhar.

Curiosamente, Rabhia desfazia o cenho enrugado e deixava cair a cabeça sobre o peito a abrandar a respiração nervosa.

— Camarada, esta gente cheira ou não a pólvora?

— Não, meu Comandante — ripostou o jovem que se acercara de Rabhia.

— Então vamos embora — disse o Comandante. Depois, dirigindo-se aos homens deitados no chão, ordenou que se levantassem e disse:

— Senhores, daqui em diante, não há por que correr, seja lá para onde forem.

6

Quando chegaram ao Ponto Final, Rabhia apertou a mão de Boanar Momad com a força de uma criança. Apesar de se mostrar cansada, deslumbrou-se com a quantidade de lojas, a azáfama das pessoas e não entendeu o fato de Boanar, ao longo da viagem, ter insistido em chamar Ponto Final àquele cruzamento de destinos. O próprio Boanar dissera-lhe que a casa que devia reclamar esse nome ostentava agora a engenhosa imagem de um produtor internacional de *fast food*. Eu diria uma desdenhosa imagem, mas lá está, Boanar prometera-lhe outra vida, longe das ameaças dos Sem Medo ou de outra gente qualquer. — Maputo é o coração, entendes... — dizia ao longo da viagem para se livrar das incertezas da parceira.
— Mas..., e o amor? — indagava Rabhia.
— Como assim?
— Em Maputo há tempo para o amor?
— Muito amor, Rabhia. O meu, o teu, o nosso!
— Já percebi. Esse amor é muito pouco...
— Conheces o Hortêncio Langa? Devias ouvir a música do Hortêncio Langa:

Maputo cidade, como tu não há
Com toda a vaidade, molhas os pés no mar
Cidade surpresa, quem não te quer cantar
Se a tua beleza tem tudo p'ra encantar

Maputo, u xonguile demais
Xilunguine, quem te abraça não te larga mais
Teu beijo de flor é doce de mel, feitiço de amor
Dá todo calor a quem aqui chegou p'ra ficar

Em Maputo, a vida tem outro sabor, Rabhia.
— Mas ninguém sabe nada, nem de ninguém, lá...
— Tenho um amigo de longa data, o Salim; e quem tem o Salim tem emprego e casa — garantiu Boanar a sorrir confiante. Depois concluiu, sobre o seu ombro:
— Eu te amo, *muthiana*! Vai correr tudo bem, vais ver.
Mal entraram na Loja do Salim, na Baixa da Cidade, Salim abandonou os clientes prestes a pagarem os candelabros, as lâmpadas, os interruptores, e com um sorriso pueril saltou para o outro lado do caixa, o que espantou a clientela diante da recepção efusiva num homem sabido de gestos curtos e comedidos.
— Boanar! Assalam Alaikum wa Rahmatullah!
— wa Alaikum Assalam wa Rahmatullah, Salim!
— Allah é Grande!
— Ele pode tudo, Salim...
Salim puxou pelo braço o velho amigo, enquanto recomendava as cobranças ao mais antigo trabalhador da loja e os dois desapareceram por uma pequena porta que parecia dar numa caverna discreta entre amontoados de caixotes e paletes de madeira.
Rabhia ficou especada entre o entra e sai da loja, pedidos de lâmpadas de baixo consumo, negociatas de cotações superfaturadas e cobranças de assistência técnica a geradores supostamente comprados em primeira mão. Nesse afã, apesar do destaque do embrulho de papel cáqui entre as mãos, ninguém se apercebeu da jovem parada no meio da loja, incapaz de distinguir, naquela vozearia, a voz de Boanar Momad e pedir-lhe uma cadeira onde se sentar, água para matar a sede, perguntar se já

podia descalçar os sapatos. Desde que deixou o Bairro da Muatala, ainda não tivera oportunidade de os tirar. Quando soube que vinha a Maputo, admirou-lhe o fato de as pessoas andarem de chinelos na rua, como dissera Boanar para a convencer a descalçar durante a viagem feita de autocarro desde que o radiador da caminhonete estourou. Imaginou os jovens de chinelos na escola e no serviço as mães desses jovens e pensou na quantidade de gestos e modas com o tom ridículo da falta de chá.

Depois de um quarto de hora, os dois homens saíram pela porta que parecia dar numa caverna com mais sorrisos do que quando entraram. Boanar e Salim foram imediatamente ao encontro de Rabhia sob o olhar atento do trabalhador mais antigo da loja.

— *Muthiana*, o meu amigo Salim resolveu o nosso problema... — disse afagando-lhe a mão esquerda.

— Demoraste, Boanar!

— Precisava acertar os pontos com ele, querida.

— Sabes que não me podes deixar sozinha por muito tempo...

— Eu sei, meu amor.

— Tudo isto é novo para mim...

— Tens razão. Desculpa!

Mas olha — segurou-lhe as duas mãos — tens que esperar por mim aqui, vou ao notário reconhecer o contrato de trabalho. Ficas aqui com o Salim, ele olha por ti enquanto eu vou num pé e volto noutro.

— Salim, esta é a Rabhia; Rabhia, este é o meu velho amigo Salim — disse Boanar enquanto depositava a mão de Rabhia na do amigo.

— Bem-vinda, Rabhia!

— Olá, Salim, obrigada por nos receber!

— Bem, feitas as apresentações, até já — disse Boanar enquanto se retirava.

— Vai sossegado, irmão.

— Boanar..., não demora!

Quando Boanar Momad abandonou a loja, os trabalhadores olharam-se perturbados. Não demorou e viram Salim pegar o braço de Rabhia com um misto de agressividade e sedução no gesto. Rabhia franziu a testa, confusa, mas aceitou acompanhá-lo. Os trabalhadores mais novos olharam para Sansão, o mais antigo e mais velho entre eles. Sansão viu-os avançar em direção à porta que parecia dar numa caverna, mas cauto, aguardou a confirmação. Quando Salim abriu a porta, numa voz que reclamava uma vontade antiga, Sansão avisou:

— Para aí não, patrão.

Os outros trabalhadores baixaram as cabeças.

— O que foi que disseste, Sansão?

— Chega!...

— Perdeste a cabeça?

— Perdi o medo.

— Então vais perder também o emprego — disse Salim apertando com mais força o braço de Rabhia.

— Aceito, mas o senhor não vai abusar mais ninguém...

Apercebendo-se da situação, um cliente com cara de polícia colocou disfarçadamente o disjuntor que levava sobre a prateleira mais próxima e perguntou a um dos trabalhadores que fingia não ouvir a discussão do que se tratava. Antes que o jovem pudesse responder, Rabhia desprendeu o braço da mão de Salim e saiu disparada da loja. Deu à Rua Consiglieri Pedroso e correu enquanto chamava por Boanar Momad, perdendo-se entre automobilistas que buzinaram apavorados e transeuntes que abanaram as cabeças convictos da loucura da jovem. Mas um revendedor ambulante de recargas de telemóvel[6] tratou imediatamente de esclarecer aos curiosos:

— Aquela senhora acaba de sair da Primeira Esquadra, entrou com um senhor, mas o senhor fugiu...

Rabhia corre e grita pela Consiglieri Pedroso até se esbarrar

---

[6] telemóvel: telefone celular.

na vitrina da Minerva. Cala-se assustada e apalpa a montra até à entrada da livraria. Para. Ouve a vozearia típica dos meses das promoções e desata novamente a correr e a gritar sem direção. Ainda que eu goste dela, devo confessar ao leitor que aquilo era coisa mesmo de loucos. E assim foi até ouvir o *adhan*. Rabhia estacou. Os espectadores riram-se. Depois arregalaram os olhos, espantados, quando a viram a andar às arrecuas na direção daquela voz, certa de que acharia o caminho da mesquita. Mas o muezim calou-se e naquele dia não mais voltaria a chamar. Rabhia parou, sem norte, nem voz. Sentiu o cheiro a urina, forte, saturado. Estava diante da Rua da Catembe. Entrou e prosseguiu até alcançar a Rua do Bagamoyo. Atravessou a Bagamoyo e foi andando rente ao Instituto Nacional de Inspecção de Pescado. Passou a Escola Nacional de Artes Visuais. Depois o Instituto de Investigação Sócio-Cultural e parou diante de um muro azul, de onde saltou um casal de jovens sorridentes enquanto fechavam as braguilhas das calças. Pensou em pedir ajuda ao homem que logo a seguir ao casal apareceu chamando-os os piores nomes e ameaçando-os de morte, mas continuou até à Escola Nacional de Dança. À meia voz, chamou uma última vez por Boanar Momad e atravessou a Rua do Bagamoyo, desta vez no sentido inverso. Parou diante do Clube Vénus. A passo lerdo, avançou tateando grades de proteção até alcançar as paredes do Hotel Central, para onde acorrem locais e estrangeiros ávidos de prostitutas de todos os gostos. Contornou o Central e entrou na Rua da Mesquita. Amparada à parede do hotel, deixa cair o embrulho de roupas, encosta a cabeça e chora copiosamente, incapaz de imaginar que a escassos metros uma procissão entra na Jumma Masjid, de onde lhe chegara a voz do muezim.

Entre o Central e a Jumma Masjid, debaixo do alpendre a cair aos pedaços da Casa Alcobaça, uma venerada prostituta, mulher reputadíssima em assuntos de alcova, observa entre tragos de um vinho ordinário, não tanto a dor, mas o corpo de Rabhia. A matrona aproxima-se e a toma nos seus braços. Pela primeira vez, em Maputo, Rabhia sentiu mãos de mulher, mãos firmes e acolhedoras, a quem confiou o embrulho de roupas, depois de aceitar pernoitar na sua casa, no Bairro Luís Cabral. À noite, as duas conversaram.

— O que aconteceu?

— Mas..., eu não conheço a senhora... — hesitou Rabhia.

— Eu sou eu Margarida, o resto tem tempo...

Sozinha no mundo, Rabhia contou a sua história. No final, Amargarida disse com gosto:

— Está perdida!...

— Estou.

Amargarida abeirou-se do corpo da hóspede, adivinhou-lhe os peitos espigados e fartos, cheirou-lhe a cútis, cheirou-lhe os cabelos, tocou-lhe os lábios e *plaash*, surpreendeu-lhe com um beijo. Rabhia gritou assustada e afastou-se apalpando desesperadamente o vazio. Amargarida soltou uma gargalhada desaforada:

— Nunca beijou mulher?

— Quero ir-me embora.

— Pra onde?... Vou te dizer: mulher que é mulher beija mulher...

— Isso não me interessa...

— Fecha boca. Sabe o quê você?

Rabhia calou-se e trancou os lábios entre os dentes.

— Em Xinhambanine, não há mulher perdida com teu corpo... — disse Amargarida enquanto examinava-lhe o corpo com o olhar.

— Não estou a entender.

— Quer ganhar dinheiro, vestir bem, ser feliz?

— Como?! — espantou-se Rabhia, tentando adivinhar o que viria a seguir.

— Esta noite vai ver como — disse Amargarida e retirou-se sem tempo de ouvir os protestos da hóspede. Dali a meia hora, Rabhia ouviu o riso de gente a aproximar-se da vivenda. Eram vozes masculinas, alcoólicas, entre as quais dissipava-se a de uma mulher que devia ser Margarida, pensou.

Entraram às gargalhadas, todas as mãos no corpo da prostituta. E com razão, era uma noite como nunca. Amargarida prometia dar tudo a todos, porque chegara a hora de se aposentar, finalmente encontrara a quem ensinaria os feitiços do corpo feminino e já estava cansada, êmbolos conhecera de raça estúpida, desses que deixam graves sequelas na flor, a começar pelo único namorado, o verdadeiro amor da sua vida, cujo nome não quer lembrar, um selvagem que a descabaçou num dia por esquecer e morreu capado por ter fornicado a mulher de um eminente político, a ponto de acometer-lhe uma ninfomania que obrigou o estadista a pedir o divórcio.

— E esta uva, quem é? — quis saber um dos homens, ao descobrir Rabhia.

— Nem toca! — avisou Amargarida e levou Rabhia para um dos quartos da casa. Depois acompanhou os homens a um quarto contíguo ao de Rabhia, entraram e fecharam a porta. Durante aquela noite, Rabhia ouviu a prostituta a lamentar-se num misto de dor e prazer e imaginou o gozo dos homens ofegantes como hienas ávidas de retalhar o corpo exausto. Chorou o infortúnio do seu destino ao recordar-se do dia em que os tiros começaram na Rua dos Sem Medo e sentiu-se triste ao rever-se feliz no dia em que Boanar Momad disse que a amava.

No dia seguinte, Amargarida foi ao quarto de Rabhia. Encontrou-a sentada num canto escuro. Abriu as cortinas e descobriu os lençóis intactos.

— Ainda não sabe como ganhar dinheiro?
— Nunca vou dormir nessa cama porca.
— Porca eu? Vou-te ensinar ser porca.

Amargarida voltou a fechar as cortinas, saiu e trancou a porta. Durante o dia, Rabhia não teve de comer, nem de beber. Quando as vertigens começaram, bateu à porta, gritou por um copo de água e lamentou-se, chorando desalmadamente. Horas depois, quando começou a soluçar, Amargarida atirou-lhe um copo de água que se escaqueirou no chão. Resignada, Rabhia ajoelhou-se e sorveu a água. Sentiu um sabor estranho, pensou na urina de ratazanas doentias e velhas. Então apercebeu-se da posição ridícula e sentiu o coração bater de forma irregular à medida que uma dor fulminante vergava-lhe o orgulho. Colocou-se de pé e desferiu socos contra a porta enquanto gritava todos os impropérios à prostituta. Exausta, calou-se e voltou a sentar-se no canto escuro. Ouviu a chave na porta, mas ignorou.

Primeiro entraram os cheiros: batatas fritas acompanhadas de um misto de frango ou camarão grelhado. Onde há cheiros, há sabores, pensou, angustiada. Depois foi o exato prato esperado. Havia também arroz de vegetais, um copo de suco de laranja, um copo de água, meia taça de vinho tinto e uma maçã espantosamente vermelha. Amargarida depositou a bandeja na mesinha de cabeceira e retirou-se sem dizer palavra. Passados trinta minutos, Rabhia entrava na cozinha com a bandeja vazia.

— Lava essa porcaria...

— Eu não consigo, não conheço a cozinha...

— Problema teu... E não precisa gritar mais que sou puta, todos sabem — disse Amargarida e retirou-se para a sala.

Rabhia esforçou-se por recolher ossos de frango e cascas de camarão para o balde de lixo e lavou a louça. Depois apalpou o caminho que dava à sala de onde lhe chegava o som da telenovela que Amargarida assistia.

— Não é pra ti...

— Posso ouvir...

Amargarida levantou-se, desligou a televisão e sentenciou:

— Vai-te embora pra teu quarto — e saiu de casa. Trinta minutos depois, Rabhia ouviu o riso de gente a aproximar-se da casa. Deixou-se estar na sala. Quando entraram, Amargarida espantou-se com a desobediência da hóspede, pois o televisor estava ligado e o som alto. Tratou imediatamente de desligar o aparelho e arrastou Rabhia para o quarto.

Nessa noite Rabhia ouviu os homens do outro lado da parede; diziam coisas de crianças, chegavam mesmo a ser irracionais. Ouviu também as palavras de Amargarida e pensou que ela não era capaz de as repetir nem em pensamentos. Mas depois imaginou um bando de crianças comandado por uma velha ama e estranhou o fato de sentir orgulho nisso. Aquela mulher era mais que mulher, era o destino daqueles homens todos, baú de segredos indizíveis até a uma mãe, bálsamo para todos os medos e incertezas. Pela primeira vez, Rabhia sentiu orgulho em ser mulher.

No dia seguinte, quando Amargarida abriu a porta do quarto da hóspede, Rabhia dormia serena na cama, com um leve sorriso no rosto, talvez inspirado pelo homem que ouviu chorar durante a noite. A prostituta suspirou, riu-se e desabafou:

— A vida ensina...

7

Pela primeira vez, o estagiário devia isolar e ler o local do crime. Sabia o que fazer. A questão era como. Como retirar esta gente daqui? Como dizer-lhes que comprometiam a investigação com falas tão inoportunas e desproporcionadas? Como convencer às donas cabralenses a deixarem de atravessar o cadáver, porque todas querem ver, estarem certas de que as noites insones terminavam ali, os homens chegariam mais cedo às casas e as pernas de baixo dos lençóis voltariam a dar os nós que aquecem os invernos?

Sacou de um dos bolsos das calças *jeans* azuis um pequeno gravador e começou a confidenciar observações. O que havia aqui antes de toda esta gente chegar? Que elementos recolheria? Viu um cajado à cabeça do cadáver, além um pau, um pau de vassoura, cuja extremidade superior devia ter cinco centímetros de uma tinta vermelha. Tinta ou sangue? Neste reboliço, terá um incauto chutado o pau até ali ou será essa uma provável arma do crime? E o cajado? Qual é a cena do cajado? Mas como saber se há aqui crime, com todos estes abutres a rondarem a moça? Caramba!, esta gente não sabe o que faz, filhos da puta!, este é o meu estágio, porra, e tinha que ser logo num cenário destes? Culpa do Sthoe, arranjava-me uma cena mais *soft*, sem ignorantes a lixar tudo, e há muita merda por investigar neste país. Mas eu a conheço. Talvez, se disser, ele me afaste do caso, mas aí vai querer saber como e de onde a conheço, e não me interessa nada disso; *fuck*, eu quero ser advogado!, porcaria de vida sem opções, agora nos obrigam a morrer, viver para a guerra, tipo produção de heróis em série, puta de vida!, a vida é uma coisa miserável, o homem é um ser infeliz, somos muito pequenos, porra, então fodam-se os sonhos, todos os sonhos, todos, e que os poetas desçam das nuvens e cantem uma canção triste, porque aqui a nação desiste do amor, e então vamos todos fingir qualquer coisa, cada um finge qualquer coisa, e vamos nos comer uns aos outros, feliz é quem tem gula e dentes ou raio que o parta nesta miséria; mas estes são felizes, na sua pobreza, ignorância, miséria, mas felizes; e eu não quero a merda da felicidade, caramba!, até insulto a própria felicidade, e a gaja custa muito, e esta gente é feliz com tão pouco!, a ignorância, por isso estou fodido, ninguém aqui imagina o trabalho que esta desordem compromete, ninguém aqui entende de perinecroscopia...

— Está falar comigo?
— Sim. Diga a estas pessoas para deixarem a moça.
— Moça? Qual moça?
— O cadáver, minha senhora.
— Você rapaz sofre de idade... Chamar moça cadáver duma puta?
— Minha senhora, mais respeito.
— Qual respeito? História dessa aí você conhece? Não. Eu conheço. Lhe apanhei lááá, na Baixa, a chorar; lhe dei cama, comida, lhe ensinei tudo. Troco: fodeu meus homens; resultado: mandei-lhe embora.

O estagiário fez menção de dizer à Amargarida que não era a única a conhecer a prostituta e que ali ninguém tinha moral para atirar pedras, mas manteve-se calado. Virou-se para o corpo de Rabhia, urdindo uma saída urgente. Mas a vozearia dos mirones estorvava o pensamento. Pensou no agente Sthoe, deve estar a caminho. Tossicou para sentir a vibração das cordas vocais, a tensão dos nervos, e virou-se para Amargarida; ia pedir-lhe com autoridade e, desta vez, sem a ingenuidade de uma criança.

— Nem precisa... Meia palavra para um boi entendedor basta

— disse Amargarida e de seguida ordenou o bairro a deixar o cadáver à disposição da Polícia. Os mirones afastaram-se, mas colocaram-se a uma distância que lhes permitia observar o trabalho pericial e testemunhar o desfecho daquela cena. O estagiário isolou o local e vestiu luvas amarelas, de látex; sacou da pasta de costas uma máquina fotográfica e disparou *flashs* sobre o corpo de Rabhia com o requinte de um colecionador. Depois recolheu o telemóvel e o bilhete de identidade da vítima. Ainda fazia contas à sua idade quando Ambrósio Lobato apresentou-se e disse que o agente Sthoe solicitara ao Departamento de Medicina Legal do Hospital Central de Maputo a presença de um médico legista que examinasse o corpo. Os dois homens saudaram-se e discutiram coisas ininteligíveis para os mirones à sombra das copas fartas de jambolões e amoreiras, não tanto para as donas cabralenses, pois quando, pela terceira vez, o estagiário apontou ao grupo o dedo indicador em riste, elas fizeram caretas aborrecidas, cuspiram no chão, bateram juras nos peitos, levantaram as capulanas e mostraram os cus aos homens.

Ambrósio Lobato ainda quis perguntar o que significava tudo aquilo, mas, desde que se apresentou, o estagiário iniciou uma longa dissertação sobre metodologias na investigação de homicídios que o médico, para se safar, limitou-se a concordar com rápidos e regulares acenos de sobrancelhas. É ainda na torrente desse discurso que o agente Sthoe, vindo dos fundos da Rua da Candonga, aproxima-se, cumprimenta o legista com indisfarçável reverência e apresenta-lhe o estagiário, a quem ordena que tire mais fotografias ao cadáver. O estagiário hesita em dizer que tirara fotografias suficientes, pois viu os dois homens afastarem-se em direção à sombra de uma amoreira, onde ficaram largos minutos a discutir o que faltava para o *ntontonto*[7], que muito se vende nos arrabaldes de Xinhambanine, ser comercializado como a Cachaça, ora porque a coreografia do Samba parecia-se

---

[7] *ntontonto*: bebida alcoólica moçambicana de fabrico caseiro.

com a da Marrabenta. Enquanto disparava os *flashes*, o estagiário registrava o aprumo no linguajar do mestre, o seu sotaque hipersibilante e a arqueologia lexical a que se dedicava em busca do vernáculo, um espírito gongórico ao serviço de toda a sorte de teses conhecidas e desconhecidas dos mestres de políticas industriais e comerciais. O estagiário pensava em como o mestre era prolixo no seu discurso quando Sthoe e Ambrósio Lobato aproximavam-se amistosos. Para quem reverenciava Lobato, Sthoe trazia-o agora pelo beicinho, observou o estagiário muito curioso, mas muito longe de entender o porquê.

— É preciso analisar o cajado e o pau — disse o médico legista.
— Certamente. Mas precisamos de uma autópsia urgente — disse Sthoe.
— Eu trato já da autópsia.

Sthoe e o estagiário abandonaram o local do crime. Mal abriram a porta do gabinete, a secretária, que ainda achava-se pregada ao televisor, colocou-se de pé e perguntou — Como foi?!... — espantada por não o ter visto no ecrã e receosa da resposta do chefe.

— Uma merda — disse Sthoe a fitar o televisor. Avançou em direção à sua porta, girou a maçaneta e acrescentou:
— Quando chegamos, já tinham ido embora.
— Quem?! — quis saber o estagiário, atrás do mestre.
— Os assassinos — respondeu o agente, obrigando a rir a secretária.
— Vamos ao trabalho — disse Sthoe e os dois fecharam-se no gabinete.

— O que é que temos?
— Primeiro gostaria de fazer uma observação.
— Uma observação?!
— Não gostaria de voltar a alimentar o humor da secretária...
— Alimentar o humor da secretária... — repetiu Sthoe enquanto fitava o estagiário. No fundo gostava da frase, sobretudo

do tom em que foi dita, fazia dela uma frase original, cheia de um sentimento verdadeiro.

— Não volta a acontecer — prometeu. Mas o estagiário permanecia com os olhos fitos na sua figura. Pela primeira vez, Sthoe viu naquele olhar o mesmo brilho do irascível Comandante Vanimal.

— Agora podemos ir ao que interessa?
— O senhor não sabe mesmo pedir desculpas?
— Eu nunca disse que não sabia, eu disse que não quero pedir...
— Mas por quê?
— Mas por que o quê?
— Por que não pedir desculpas?
— Por quê?!
— Sim, por quê?
— Muito bem... Porque matei a minha mulher... Você acha que vale a pena pedir desculpas por isso? A quem?
— Desculpa, eu não sabia...
— É claro que você não sabia, porra, agora podemos ir ao que interessa?
— Podemos.
— Calma. Espera. Sai. Deixa-me sozinho uns minutos.

O estagiário abandonou o gabinete. Passado um quarto de hora, bateu à porta, mas de dentro não houve resposta. Voltou a bater e nada. Perguntou à secretária se o mestre saiu enquanto esteve na casa de banho.

— Não.

Bateu uma terceira vez, o mesmo silêncio.

— Volta amanhã — disse a secretária como se não estivesse a falar com ele, debruçada sobre os seus papéis.

— O quê?!
— Você bebe?
— Como?!
— Uísque..., você bebe uísque?
— Não.
— Então volta amanhã. Você o fez chorar...

8

Quando Sthoe disse "Vamos à Rua do Bagamoyo?", o estagiário sentiu as rótulas tremerem, de um tremor breve, mas acutilante. Depois foi uma implosão de medo provocada pelo rosto empedrado, escuro e mal talhado do Comandante Vanimal, a memória do dia em que o tio decidiu mandá-lo ao serviço militar obrigatório para o impedir de ir às prostitutas, pois soube que o sobrinho, que nunca conhecera os peitos de uma mulher, decidira fazer a descoberta no dia em que celebraria a maioridade. E tudo porque entre os amigos não havia um sequer que não conhecesse os quartos do Hotel Central, de tal forma que ficara decretado que todo o puto do bairro, antes que alguma namorada o pendurasse o estigma do verdor em assuntos de alcova, deveria adquirir o quanto antes as habilidades em falta nos encantos de uma rameira.

— Nunca! — gritou o tio, depois do estagiário escolher, na véspera do seu aniversário, o presente que o Comandante estaria disposto a oferecer.

— Mas o tio é que disse para eu escolher qualquer coisa...

— Disciplina é o que você deveria ter escolhido, porcaria.

— Todos os meus amigos...

— Todos os teus amigos deveriam ter escolhido a mesma coisa: disciplina. Você vai para o serviço militar obrigatório...

— Serviço militar obrigatório não, tio; nunca quis ser militar e o senhor não me pode obrigar. Eu tenho direito à escolha...

— Ai é, você tem direito à escolha? Então escolha. O que você quer?

— O meu sonho é fazer um curso superior, Direito ou talvez Economia.

— Você é mesmo filho do meu irmão, um *congunhável*...

— Respeite a memória do meu pai, tio.

— Um nome sem honra. Há muitas formas de ser-se superior, nesta vida. Defender a pátria é a primeira.

— Para o senhor, a honra está na guerra, na morte.

— Não existe maior. Um homem de verdade é capaz de matar ou morrer pelo seu país se for preciso.

— E se eu não for apto?

— Aí deixo-te ir às putas à vontade, para alguma coisa deves servir...

O estagiário aceitou o acordo e rezou para não ser chamado, longe de imaginar que o Comandante Vanimal não descansou enquanto não o garantissem que o sobrinho, inapto, haveria de ser convocado ao treinamento militar em Nacala-Porto. No dia em que o estagiário o informou, achava-se o Comandante a beber vinho à varanda da sala, ouvindo de memória um Waldemar Bastos impelido a perguntar

Quanto tempo pra chegar a paz
Pra acabar com a maldita guerra
Que nos traz tanta dor no coração
E nos maltratou a nossa Nação?

— Tio, fui convocado... — disse derrotado, à porta da varanda. O militar não se virou. Dos aposentos da sua memória, moveu ligeiramente o tronco cansado na poltrona de couro acabada de instalar e disse alto e em bom-tom, como a recitar um mandamento:

— *Decorum est pro patria mori.*

9

Quando saltou do Matchedge e colocou os pés, pela primeira vez, num campo de instrução militar, o estagiário teve a sensação de que os olhos se abriam diante da gravidade do mundo. Naquele instante, soube que a verdade existe e só há uma, a vida ou a morte. O passado pareceu-lhe estupidamente insignificante e pensou na quantidade de homens e mulheres a viverem na sua perniciosa distração ou na ilusão de um futuro que não tivesse, no presente e a rigor, o sabor de uma manga verde vergando-lhes os maxilares. Em Nacala aprendera a matar e a morrer, disse ao tio com o peito estufado, dias depois de regressar.

— Cala-te! Ainda não deixaste os cueiros.

— Claro, tio, faltava, de fato, matar alguém ou então que eu morresse.

— Pesa bem as palavras ao falares comigo. Não passas de um desertor, como o teu pai...

— Deixa o meu pai fora...

— E aquilo nem era a guerra, se quer.

— E o que é a guerra, meu tio?

— Só os verdadeiros homens sabem...

O estagiário calou-se, sabia que sairia dali derrotado, como de resto acontecia sempre que altercava com o brigadeiro. O Comandante Vanimal não aceitava o fato de ter sido obrigado a resgatar o sobrinho da Rua dos Sem Medo, pois, segundo o informaram, o estagiário mal conseguiu empunhar firme a arma como fizera vezes sem conta de forma heroica no campo de treinos.

— Não sei quem contou isso ao tio, mas as coisas não se passaram bem assim.

— Então é melhor me contares tudo, e nem vale a pena esconderes o que quer que seja, confio mais neles do que em ti.

O estagiário esperava este momento, a oportunidade de contar a sua história. Podia agora explicar o que o tio não sabia, tampouco imaginava, porque o que o tio sabe resume-se apenas ao que aconteceu na Rua dos Sem Medo. Tudo começa com a nossa saída urgente do campo de treinos. Recebemos uma ordem para debelar o motim que havia na Rua dos Sem Medo. Saltamos todos para o caminhão e fomos em direção ao Bairro da Muatala. Quando seguíamos pela Rua Francisco Matanga, tivemos que mandar parar uma caminhonete que vinha a alta velocidade. Desconfiamos: havendo um tiroteio em Muatala, para onde iria aquela caminhonete àquela velocidade? Mandamos descer os homens para os revistar, a eles e ao veículo. Não encontramos nada. Mas tio, não se zangue comigo, estamos a conversar, conheci uma moça...

Eu e duas camaradas é que fizemos a revista, mas a moça recusou-se, até afastou-se do grupo com quem seguia. Eu não gostei daquilo, fui ter com ela e perguntei por que se recusava a deitar-se no chão, como o nosso Comandante havia ordenado. Não me respondeu, ignorou-me, simplesmente. Aquilo deu-me raiva, muita raiva mesmo, se calhar porque eu já vinha nervoso ou tenso, sei lá. Então eu disse Tu deves ser a chefe, aqui, e perguntei-lhe para onde iam. Disse que não sabia e virou a cara para o outro lado; ignorou-me a segunda vez.

O tio diz que eu sou um *congunhável*, ninguém sabe o que isso significa, mas naquele dia eu me senti um verdadeiro *congunhável*, como um prostituto a quem aquela miúda fodia os neurônios — desculpa a palavra, tio, mas é essa mesmo. Por isso peguei na minha AKM e dei três tiros para cima. Estava decidido a colocar o cano da arma na boca dela, queria ensinar-lhe a medir as palavras, mas a verdade é que descobri diante de mim uma mulher, uma mulher muito bonita, uma mulher deslumbrante, tio! Parei e fiquei a olhar para ela, sem saber o que fazer, a olhar, simplesmente. Quando ela se voltou, percebi que tinha sentido o meu olhar, foi aí que descobri que era cega. Sim, cega. Mas isso não perturbou o que eu sentia naquele momento, se não nem teria percebido que ela também me dizia algo, como se soubesse o que tinha acontecido comigo, como se me tivesse visto na voz, porque as camaradas diziam que tenho uma voz de locutor e ela baixou a cabeça, tímida.

Tio, não zanga comigo, e eu não sei bem explicar, mas posso dizer que conheci alguém que poderia ser minha namorada. Estás a ver, eu dou-te a oportunidade de te tornares um verdadeiro homem e tu não, voltas com uma mulher na cabeça. Não, tio, posso garantir que esse incidente mudou a minha vida, pena é que nunca mais voltei a ver a moça. Acredito que nunca mais voltarei a vê-la. Eu estava numa terra distante e naquela fuga não sei para onde ela foi. Continua a história, mas sem essa merda de paixões e namoradas.

Quando ela se voltou, eu desisti da ideia de queimar-lhe a boca, mas disse-lhe que poderia ser presa por desacato à autoridade. Era só uma ameaça, tinha que dizer qualquer coisa, senão as camaradas não entenderiam. O nosso Comandante deu ordens para continuarmos em direção à Rua dos Sem Medo. Antes de regressarmos ao Matchedge, eu disse à moça que dali em diante não precisavam mais fugir, porque nós íamos aos Sem Medo, mas eis que ela me responde com uma frase que nunca mais esquecerei, tio. "Não há lágrimas para tantos heróis", foi o que ela me disse.

Eu não sou um fraco tio, mas aquela frase acompanhou-me o resto do caminho, eu a pensar no que a moça queria dizer com aquilo. Quando chegamos à Rua dos Sem Medo, havia tantos corpos tombados, tanto sangue, que eu não consegui dar sequer um tiro. Tínhamos ordem para disparar, mas, naquela confusão, eu ia disparar contra quem? Para quê? E por quê? Eu não sabia quem era o inimigo. Miúdo, não minta... Não, tio; de fato, o medo tomou conta de mim, não consegui empunhar a arma, mas porque tive a sensação de que o inimigo estava comigo, naquele momento, não sei se o tio entende. De onde é que aquela confusão partiu, eu não sabia. Você foi treinado para cumprir ordens, rapaz. Eu sei, tio, mas como se cumpre uma ordem que não se entende? Esse é o problema? Ai é, então esse é que é o teu problema? Vou-te ensinar. A tua sorte é seres meu único sobrinho, senão mandava-te já de volta a Nacala e depois colocava-te numa missão de guerra qualquer, a ver se não aprendes quanto custa a Paz. Vais estagiar com o Sthoe. Mas tio... E o meu curso de Direito?! É uma ordem. Vais ao estágio e não se fala mais no assunto. Quem é esse tal Sthoe? Sobre o tal Sthoe saberás amanhã.

10

Na manhã seguinte, o estagiário quis desculpar-se pelo constrangimento do dia anterior, mas as beatas[8] sobre a secretária, a garrafa de uísque vazia atirada a um canto o detiveram. Sthoe já não se lembrava do acontecido, agora tinha vocação para memórias distantes, dessas que se confundem com a imaginação e fazem dos velhos eternos ficcionistas. Durante a noite, fizera o esforço de esquecer o seu próprio passado, pensou o estagiário. Depois pensou nas motivações que levariam o mestre a confidenciar-lhe algo que só o tio sabia no mundo.
— Podemos trabalhar? — perguntou Sthoe.
— Sim senhor.
— Por que abandonaste o posto?
— Bati a porta, o senhor não respondeu, a secretária aconselhou-me a voltar hoje.
— Um homem teria entrado...
— O que quer dizer?
— Que não és homem. Não te parece óbvio?
— Acho melhor tratarmos do caso da Rabhia.
— Trata, mas é, dos teus tomates...
O estagiário pôs-se de pé, ia dizer qualquer coisa mas Sthoe antecipou-se:
— Observações e comentários...

---
[8] beata: parte final do cigarro; bituca.

— Está bem... — consentiu o estagiário, com ares de afronta, e prosseguiu:

— O senhor conhece Ambrósio Lobato?

— Não. Por quê?

— Pareceu-me...

— E por quê?!

— O senhor afasta-o da cena do crime para discutirem coisas que não têm nada a ver com o caso... — disse um pouco a perguntar, outra tanto a censurar.

— E que coisas são essas, que não têm nada a ver com o crime?

— Marrabenta, Cachaça, *Ntontonto*, Samba...

— Hum... — disse Sthoe, com ares de pensativo; depois levantou a grimpa:

Em primeiro lugar, tens de aprender a desconfiar da aparência das coisas.

Em segundo lugar: o legista sabe qual é o seu trabalho, portanto, não há qualquer problema em afastá-lo da cena do crime...

— Gostaria de concordar com o senhor, mas...

— Não me interrompa. Em terceiro lugar, como sabes que há aqui crime?

Em quarto lugar, eu posso afastar-me da cena do crime e com quem quiser, porque tenho um estagiário.

Em quinto lugar, eu não tenho um estagiário para andar a bisbilhotar o que o mestre anda a falar ou a fazer, mas sim para cumprir com as minhas orientações.

— Não queria que se zangasse, era apenas uma observação... — disse o estagiário, esforçando-se por camuflar a ironia das suas palavras. Deve pensar que a ironia vale pela dúvida, a dúvida do destinatário que ignora se está diante de uma. A dúvida a torna real e acutilante e magoa, é uma espécie de dádiva à suposição, fermento para a imaginação. Não há melhor forma de forçar o incauto a colocar-se diante do espelho.

Sthoe riu-se, mas o estagiário viu os lábios queimados pela nicotina tremerem. Imaginou-lhe, inclusive, as mãos suadas, o

estômago embrulhado e frio do susto que tomou.
— Deixa estar, apenas não esperava uma afronta da tua parte.
— Nunca acreditou em mim, não é verdade?
— Não sou nada teu, por que haveria de acreditar em ti? Eu apenas cumpro o desejo de um velho amigo. Ou inimigo, sei lá...
— Com certeza...
— Mas continue. Há mais observações, comentários?
O estagiário quis dizer que sim. Falaria da sua gargalhada sem humor quando José Todo Património disse que Rabhia foi punida com a morte por ter trocado o trabalho das suas mãos pela prostituição, pois recordava-se ainda do inverno do seu semblante a contradizer qualquer tipo de comoção hílare. Mas preferiu o silêncio:
— Não, era só isso. Resta-me perguntar se conseguiu alguma coisa na dependência ao fundo da rua.
— Nada. Ela apenas dormia lá quando tivesse clientes, não vivia lá. E ninguém sabe dizer de onde vinha naquela madrugada.
— Parece que por aí não vamos a lado nenhum... — disse o estagiário, longe de imaginar que o mestre mentia, afinal, quando o agente Sthoe entrou na dependência dezenove e setenta e cinco, teve que ligar ao Laboratório Central de Criminalística de Maputo e solicitar a presença imediata de um perito em datiloscopia forense.
— Pois é, mas temos que encontrar um atalho, é para isso que existimos. O que é que tens?
— O telemóvel...
— Passa pra cá.
Sthoe tratou de verificar as caixas de mensagens enviadas e recebidas, mas estavam todas vazias. Deu um estalo na testa e sorriu...
— O que foi?!
— Nada — disse o agente enquanto passava para o registro das chamadas feitas e recebidas. Aí deteve-se a fazer um rápido cruzamento de dados, comparando os dias e as horas das chamadas.

— Namoras?
— Não.
— Então aprenda... Mas não faça.
— Por quê?
— Se desconfiamos, é porque temos parte na culpa.
— Não entendo.
— Arranja lá uma namorada e vais entender.

O estagiário calou-se a meditar nas palavras do mestre enquanto via-o a investigar o telemóvel da vítima.

— O senhor acredita no amor?

Sthoe sorriu, sozinho no mundo. Eu apenas disse arranja uma namorada e o gajo já quer saber se acredito no amor.

— O amor é maningue *nice*...

O estagiário sentiu na frase a falta de uma contradição. Ia instigá-lo a terminar o raciocínio quando Sthoe, finalmente, decidiu discar o número para o qual, supostamente, Rabhia ligou uma última vez. Puxou o auscultador de um velho telefone preto, sobre a secretária, e discou o número.

— Vamos ligar a um tal Tio 17 — disse. Não demorou, do outro lado da linha alguém gritou:

— *Sim... Bom dia; oh... Já é boa tarde. Boa tarde!*
— Boa tarde, é o Tio 17?
— *Quem?!*
— Tio 17... É o Tio 17?
— *Não.*
— Não é o Senhor 17?!
— *O senhor já viu alguém com esse nome? Diga com quem quer falar.*
— Muito bem, como se chama o senhor?
— *Eu é que pergunto com quem falo.*
— Sthoe, agente Sthoe. Aqui fala da Polícia de Investigação Criminal.
— *Sim...*
— Nós encontramos o seu contato no telemóvel de uma jo-

vem que perdeu a vida na madrugada de ontem. Queira vir até a PIC para prestar algumas declarações, por favor.
— *Mas eu não sei de nada... Nem sei quem é essa moça que tem meu número. E não me chamo nenhum 17.*
— Sim, senhor... Como se chama mesmo?
— ...
— Alívio. Muito bem, senhor Alívio. É só pra ver se conhece ou não a vítima...
O estagiário sugeriu que o mestre perguntasse se não se lembrava de alguém que o tratava por Tio 17.
— *Não, não me lembro.*
Mas Alívio consentiu em prestar declarações. Chegado à PIC, a secretária do agente Sthoe acompanhou-o à presença dos investigadores.
— Boa tarde, senhor Alívio.
— Abílio — retificou o recém-chegado.
— Podemos ver o seu bilhete de identidade?
Abílio sacou da carteira o B.I. e entregou-o ao agente Sthoe. Sthoe passou-o maquinalmente ao estagiário. Enquanto copiava os dados do depoente para o seu bloco de notas, o estagiário ia pensando de fato não sabe pedir desculpas, nem por favor. O problema não é apenas comigo, ao mundo é que ele não pede desculpas nem favores.
Sthoe convidou Abílio a ver algumas fotografias do corpo da vítima tiradas pelo estagiário.
— Senhor Abílio, reconhece essa cara?
— Sim senhor. Da Rua do Bagamoyo, na Baixa.
— Explica lá.
— Era minha cliente.
— Era sua cliente?!... Não é o contrário?
— Não. Eu sou taxista, ela me chamava quando precisava de boleia.
— E por que Tio 17, no telemóvel dela? — perguntou o estagiário.
— Também não sei — disse Abílio, mas de seguida pôs-se a

rir como se houvesse resolvido um enigma.
— Qual é a graça? — mestre e discípulo perguntaram, e de seguida entreolharam-se espantados.
— É que 17 é número do meu táxi, mas ela nunca me chamou assim.
O estagiário sorriu discretamente da criatividade e bom humor de Rabhia.
— Disse que a Bia o chamava quando precisasse de boleia... — continuou Sthoe.
— Sim.
— Vocês eram amigos?
— De profissão, como ela própria dizia.
O estagiário achou curiosa a metáfora e pediu que Abílio explicasse.
— Ela era prostituta, eu também dou boleia a toda a gente.
— Mas você cobrava as boleias? — perguntou Sthoe.
— Cobro a todos...
— E para onde é que a levava? — voltou a perguntar Sthoe.
— Ao Bairro Xinhambanine. Ela alugava uma dependência na Rua da Candonga, uma rua lá do bairro.
— Sabe onde ela vivia?
— Não, nunca soube — disse Abílio e, sem saber por que, acrescentou:
— Por acaso era muito simpática, educada e tudo.
— Quantas vezes o senhor a levava à rua da dependência? — perguntou o estagiário.
— Uma vez por dia, de madrugada.
— Senhor Abílio, a última chamada da vítima a solicitar os seus serviços foi feita a 1 e 35 e, na mesma madrugada, por volta das 2 e 30, ela é encontrada morta. O que o senhor tem a dizer a respeito?
— Nada. Quer dizer, eu não sei, apenas fiz o de sempre. Ela ligou-me e eu dei boleia a ela e ao seu cliente.
— Que cliente era esse? Conhece o nome? — perguntou o estagiário.

— Eu não me meto nessas coisas de nomes. Mas era um branco estrangeiro, sei por causa da forma de falar.
— Estrangeiro? Como se chamava? — insistiu o estagiário.
— Ele já disse que não conhece — interveio Sthoe enquanto fitava o pupilo. O estagiário recuou.
— Ela tinha vários clientes, recordo-me de um outro branco...
— Está certo, senhor Abílio, pode retirar-se. Mas se houver necessidade, voltamos a falar — disse Sthoe.
— Sim senhor, eu fico ali na zona da igreja Sé Catedral ou podem ligar — disse Abílio e retirou-se.

Depois de ouvir bater a porta do gabinete, Sthoe ordenou que o discípulo comentasse o interrogatório. O estagiário vira e revira as folhas do seu bloco de notas tentando achar um ponto de partida.

Bem, eu achei as perguntas interessantes, quero dizer, coerentes numa situação de primeiro contato com um suposto homicida, porque, na verdade, interessava perceber quem é, sobretudo, este sujeito. À medida que as coisas forem andando, poderemos solicitar que ele venha prestar mais esclarecimentos, porque foi a última pessoa... Não, a última pessoa a estar com ela foi o tal estrangeiro. Foram os dois; não podes descartar a hipótese de ele estar a mentir. É verdade, mas ele pareceu-me calmo e seguro do que dizia; e, se não estiver a mentir, o estrangeiro é, de fato, o último. A um mentiroso basta acreditar na sua mentira para enganar toda a gente. Pode ser, mas está disposto a colaborar e isso parece-me interessante. Também pode ser, mas continua um suspeito.

— Por que o senhor chamou a Rabhia de Bia?
— Eu disse Bia?!
— Sim, Bia.
— Sei lá, Rabhia, Bia. Bia é um diminutivo. Se calhar estou a deixar a história dessa jovem afetar-me. É que ninguém sabe nada dela e isso pode estar a criar em mim um certo afeto.
— É verdade..., mas isso pode comprometer a investigação.

— Pois é. Mas não vai. Então já sabes: não te deixes envolver.
Sobre não se deixar envolver, o estagiário nada disse, calou-se simplesmente.
— Faz o seguinte: passa a pente fino esse telemóvel, vê o que descobres.
— Não devíamos ir atrás do estrangeiro?
— Quantos estrangeiros existem?
O estagiário calou-se, envergonhado.
— Volto já, preciso de uma sopa, já não tenho idade para beber como ontem.
O estagiário esperou Sthoe abandonar o gabinete, acompanhou-lhe a passada lenta mas admiravelmente vertical, própria de um velho militar. Gostava de o ver a andar assim, firme, imbatível ao peso dos anos. Depois pegou no telemóvel da vítima e no seu bloco de notas. Releu distraidamente as notas até suspirar e atirar o bloco sobre a secretária. Mirou a cadeira do mestre. Estava já muito cansada como tudo no gabinete, mas devia ser ainda confortável. Levantou-se e foi sentar nela. Sentiu-se bem. Viu a porta do gabinete diante de si, cansada, e tudo no gabinete pareceu-lhe qualquer coisa obsoleta e vazia, então percebeu que Sthoe, apenas ele, conseguia preencher tanto vazio. Aquele espaço só fazia sentido com a sua presença, a única referência possível, a única memória de casos nunca documentados. Nesse sentido, Sthoe era a velha secretária, a velha cadeira, o velho cinzeiro metálico, as paredes cansadas e o parquete sem brilho. Sthoe era o despojo de um tempo que já não era este tempo. Atirou também sobre a secretária o telemóvel que segurava na mão esquerda. Sacana do gajo, influente e me manda estagiar com outro sacana ainda, e sobretudo um velho. E quem lhe disse que eu quero ser polícia? O filho da mãe bem podia colocar-me a fazer Direito ou Economia. Riu-se contra vontade, pareceu-lhe ter achado o significado da palavra *congunhável* ou, pelo menos, um significado aproximado. Puxou a Nikon e ficou largos minutos a observar as fotos de Rabhia. Os cabelos negros

e virgens em longas tranças imersas na areia e a pele escura, quente e fresca ao verão, pareciam agora um fresco romântico, o sonho de uma manhã impossível. Veio-lhe novamente o cheiro das amoras maduras dos peitos de Rabhia,
    e ela abriu os olhos sorridente,
    e a boca disse palavras veludas,
    palavras de madrugada,
    tecidas em cetim,
    mornas,
    doces,
    brincalhonas.

O pescoço contorceu-se ligeiramente e os seios columbinos agitaram-se medrosos; sem dar por si, beijou o monitor da Nikon, depois colocou o ouvido na cintura de Rabhia e sentiu-lhe o requebro;
    ai o Zambeze,
    sim,
    é o movimento do rio,
    amplo,
    pujante,
    enérgico,
    irreverente
    mas simpático.
    Sim, o Abílio disse que eras simpática,
    simpáticos lábios,
    simpáticas ancas,
    tudo em ti é simpático,
    caramba!,
    não tenho medo;
    mas não acredito,
    não é possível
    tens de existir. Não sei o que se passa comigo, mas tens de existir,
    tenho medo
    do que penso,

do que quero,
do que desejo,
do que não pode ser.

Ser é real
e tu não és,
mas isto é

feitiço?
bem feito,
sei lá,
desejo.

 Morta, desejo-te ainda. Um dia acordarei e sei que tudo isto foi apenas um sonho. A única verdade é o meu tio, mas não estou a estagiar porra nenhuma, que assim não te conheço jamais. Acordado, sou estudante de Direito, eu prefiro Direito, e nem preciso de putas, papo toda gaja com Direito.
 Não, nunca fui à guerra,
mas nenhuma tem a tua beleza.

Por isso diz
que tudo isto é um sonho,
que nunca fugiste,
que nunca morreste,
que nunca és cega;
merda,

tu não és cega,
tu me escolheste,
eu não fui,
eu só sei amar-te;
deixa-te comigo,
deita-me contigo.

Quando deu por si, o estagiário segurava a braguilha das calças com a mão direita. Levantou-se, deu umas passadas pelo gabinete e abriu a porta. Ficou a olhar para a secretária, a pedir o que em palavras não era capaz de dizer.

— Miúdo, que olhar é esse pra cima de mim?!

Fechou a porta, desistido e envergonhado. Mas não podia, não conseguia ficar sozinho naquele gabinete. Pegou no seu bloco de notas e num lápis, arrancou o telemóvel da secretária e saiu.

— Quando o mestre chegar, estou lá embaixo — disse à secretária. Precisava de ar, ver gente a caminhar, carros a passar e fugir com todos eles. E caminhou ao sabor do vento. Quando parou, estava no passeio da Rádio Moçambique. Deteve-se uns minutos a observar o Jardim Tunduro no lado oposto. Sentiu o coração bater de medo, mas decidiu entrar. Sentou-se no primeiro banco do jardim, de costas para o campo de tênis onde perdera todas as competições até desistir da modalidade. Pegou no telemóvel de Rabhia e passou-o em revista. Descobriu quatro chamadas recebidas de nomes que mais lhe pareceram epítetos. Os emissores designavam-se Leão, Maguire, Porta-Voz e um "Número desconhecido". Levantou-se apressado e regressou à PIC enquanto ia pensando qual dos nomes era do estrangeiro.

Quando abriu a porta do gabinete, Sthoe esperava-o já no terceiro cigarro.

— O que aconteceu?

— Nada, apenas precisava de ar.

— Alguma novidade?

— Sim, encontrei estes contatos — e mostrou ao mestre os números — e uma chamada recebida de um número desconhecido. As horas das chamadas são muito próximas; significa, por hipótese, que ela os levava à dependência mais ou menos à mesma hora. Por que, é o que eu gostaria de saber.

— Ela era uma prostituta. Esses deviam ser clientes importantes; mas ela precisava ganhar dinheiro durante a noite e só de madrugada, a fechar a noite, dedicava-se a eles.

— Estranho: se eles são importantes, não deviam ser os primeiros?

— O primeiro milho é para os pardais.

— Hum!

O estagiário quis perguntar por que o mestre não descobriu aquelas chamadas e só tivesse visto a do Abílio, mas achou melhor calar-se, não queria entrar de novo em discussões com o velho.

— Não te esqueças que és estagiário e que eu tenho a missão de ensinar-te alguma coisa de que me lembre.

— Como?! Não entendi.

— Conheço esse olhar: não percebes como essas chamadas me escaparam. Eu sempre soube, mas deixei o trabalho para ti.

O estagiário riu-se.

— Pois é...

— E o que vamos fazer, agora?

— Diz tu.

— Vamos pedir o resultado da autópsia.

— Esquece isso, por enquanto.

— Mas por quê?

— Porque eu estou a dizer.

— Então vamos ligar a esses números, que eles venham prestar declarações.

— Não.

— Não entendo!

— Tens uma porta aberta, mas não saias por ela. Tu é que estás preso. Procura, antes, uma alternativa, a janela da casa de banho, o teto, tudo menos o previsível.

Precisamos de mais informação a respeito desses sujeitos, antes que eles nos venham cá mentir, se é que eles foram clientes da prostituta. Percebeste?

— Rabhia.

— O quê?

— Ela chama-se Rabhia. Podemos ao menos tratá-la pelo

nome? Prostituta não é nome de ninguém.
— Isso importa?
— O senhor gostaria de ser chamado Polícia...
— Eu sou polícia, pá.
— ... depois de morto?
— Fecha essa boca, e vamos, mas é, à Rua do Bagamoyo.

11

Quando o veículo onde seguiam parou à entrada do Hotel Central, já passavam das onze da noite. Uma mulher, nua, saiu disparada do hotel, atravessou a Rua da Mesquita e perdeu-se em direção à Praça dos Trabalhadores. Seguiu-a um homem, também nu. Sthoe soltou uma gargalhada desacostumada, mas o estagiário assustou-se com o caso e antes de abandonar o veículo tratou de explicar ao mestre o que pensava daquela cena. Deixa-te de merdas, eu não te levo às putas, estou a ensinar-te a investigar, que foi para isso que o carrasco do teu tio te mandou.

Saíram do veículo e entraram no hotel. Enquanto se dirigia ao bar, Sthoe passou ao estagiário uma fotografia de Rabhia. Procura quem a conheça, convença-a a falar e vem chamar-me. Mas convencer como? Vai!

A princípio, o estagiário perdeu-se na atmosfera policromática e fumarenta da ampla sala que depois do bar se abria a seus olhos. Viu mulheres bonitas, mas era incapaz de distinguir entre prostitutas e travestis. À medida que aceitava o feitiço da noite, deslumbrava-se com os lábios rubis de todos os prazeres. Os peitos e nádegas enchumaçados engordavam-lhe a retina. Os sorrisos diamantinos afagavam-lhe o coração. Entrou numa sala e viu, a um canto, sob uma luz vermelha, três jovens de coxas nuas e depiladas sentadas em poltronas de couro e dois homens barrigudos a seus pés de gestos persuasivos. No canto oposto, um grupo de menininhas sentadas em cadeiras de madeira usavam meias-calças de rendas vermelhas e faziam com as pernas movimentos lascivos uma contra a outra, ao ritmo de gargalhadas alcoolizadas, baforadas de um cigarro ordinário e beijos escaldantes na boca de todos os homens. Olhou a fotografia que trazia na mão direita. Havia qualquer coisa naqueles gestos, naquelas risadas, naqueles beijos de borla que o fazia pensar em Rabhia. Devia ser algo incapaz de traduzir em palavras, mas que fazia de Rabhia uma mulher simplesmente bonita, como as coisas verdadeiras e profundas da vida. Ouviu o início de um fado marroquino. Os acordes vinham do primeiro andar. Devo dizer que o estagiário ignorava a Amina Alaoui, tampouco alguma vez ouvira o *Amours ou trop tard me suis pris*, mas, por sinal, tinha uma sensibilidade admirável. Fez-se às escadas e entrou num salão onde pouco mais de uma dúzia de homens de todos os idiomas, sentados e religiosamente calados, deliciavam-se com a performance em *playback* de uma marroquina de nome Nair, jovem que se exilara nestas terras para não se casar com o homem que a estuprara.

O estagiário esperou Nair terminar a atuação e viu-a descer do pequeno palco improvisado. Seguiu-a até ao bastidor quando percebeu que não havia ali quem o impedisse. Os poucos seguranças limitavam-se apenas a evitar todo o tipo de estragos no edifício, no mais, eram messalinas e homens ávidos de orgias apocalípticas, de tal sorte que entravam e saiam de onde e com quem quisessem.

O único patrimônio a preservar era, de fato, o Hotel Central, não vá um incauto notívago, no auge do seu desempenho, despedaçar com as fantasias do *kamasutra* os móveis já cansados daquelas confidências. Nestes casos, homens e mulheres eram expulsos do hotel a pontapés, pois as condições estavam sempre claras para quem quisesse um quarto. Por estas e outras razões, quando os amantes começam a emitir grunhidos devassos e a chamarem-se nomes sem pudor, o que normalmente coincide com o ranger das camas cansadas, os seguranças entram nos quartos e avisam os animais que para além de arcar com os prejuízos, não terão tempo de se aprumar, mas em assuntos de alcova a razão é safada e não há rédea que lhe encurte o prazer, por isso não admira cruzar, à entrada do hotel, com homens e mulheres cobrindo as vergonhas.

O estagiário deu três pancadas suaves na porta do bastidor e esperou. Já despida de artista e vestida de prostituta, Nair autorizou a entrada.

— Boa noite!
— Vai ficar aí parado?
— Como?!
— Quer trabalho completo ou apenas sexo oral?
— Desculpa, moça. Eu... eu...
— Pra vir pra aqui, alguma coisa você deve querer.
— Sim, claro, mas não é nada disso. Eu... eu...
— Eu, eu, eu o quê... venha logo.
— Eu sou da Polícia...
— Polícia?!
— Chuuuu. Não há problema.
— Eu não fiz nada... O que o senhor quer comigo?
— Eu sei... Nada, não quero nada. Quer dizer: conhece esta moça?

Nair estacou, suspirou largos minutos e lançou um olhar furtivo para o teto de modo a não borrar a maquiagem. O estagiário percebeu que estava a falar com a pessoa certa.

— Conheço, sim senhor. Rabhia... — disse com a voz embargada. Neste instante, Sthoe entrou, a jovem assustou-se.

— Calma, é meu colega — tranquilizou o estagiário e, voltando-se para Sthoe, perguntou:

— Como é que o senhor sabia que eu estava aqui?
— Nunca te perdi de vista... Mas vamos ao que interessa.
— Mas o que os senhores querem comigo?
— Quanto é que é pra nós os dois — quis saber Sthoe. O estagiário recuou ligeiramente, contrariado. — Eu não vim aqui para

isso — replicou enquanto lançava um olhar ameaçador ao mestre.
— São oitocentos, mas não faço sexo anal...
Sthoe sacou da sua carteira o valor e passou-o à prostituta, vamos conversar lá fora, a senhorita está paga, e avançou na frente, depois de sorrir com ironia para o estagiário que suspirava de alívio.
Sentaram-se numa mesa debaixo do alpendre da Casa Alcobaça. A uma vendedeira de bebidas alcoólicas ali ao pé, no passeio, Sthoe pediu um duplo de uísque e uma cerveja para a prostituta. E tu, o que vais querer? Qualquer refrigerante. Claro, deves estar maningue tenso, ou teso, disse Sthoe a rir e voltou-se para Nair.
— Como é que te chamas?
— É importante?
— Sim — disse o estagiário.
— Não — replicou Sthoe.
— Aqui sou Fulia.
Sthoe colocou a fotografia de Rabhia sobre a pequena mesa, deu um gole de uísque, pousou o copo, reclinou-se nas costas da cadeira e assim permaneceu por alguns segundos; voltou à posição inicial e disse:
— Fulia... Gosto do teu nome!
— Obrigada.
— Nome de puta mesmo...
Fulia e o estagiário trocaram um olhar curioso. Por um instante, ocorreu-lhes que Sthoe se ausentara da mesa e se perdera num passado de aventuras escaldantes.
— O meu colega já disse, somos da polícia. Estamos a investigar a morte dessa moça.
— Sim, Rabhia... Era nossa amiga.
— Tua e de mais quem? — perguntou o estagiário.
— Éramos três: eu, Rabhia e Minjurda.
— E onde está essa Minjurda — quis saber Sthoe.
— Lá dentro. Mas... por favor, eu não quero problemas!

— Não somos de problemas, somos de soluções — disse Sthoe — por isso não importa aqui o teu nome, nem como entraste no meu país — concluiu com uma sutil ironia.

— Ok, vou chamar.

Enquanto Fulia desdobrava-se em localizar a amiga, os agentes não conversaram. Sthoe apreciava o movimento da Rua da Mesquita entre goles de uísque e bafos de um cigarro ordinário e recordava-se de outros tempos, quando à noite dava à Rua do Bagamoyo, na época Rua Araújo, honra a Joaquim Araújo, primeiro Governador do Presídio de Lourenço Marques. Ali conheceu, entre bares, cabarés e salas de jogos, marinheiros, pintores e músicos de todos os quadrantes. Recordou-se demoradamente do Bar Pinguim e veio-lhe à memória, fulgurante e muito feliz no corpo e nos gestos ousados, uma prostituta de nome Adocinda, maronga do Bairro Chamanculo, rapariga especialmente cobiçada no Pinguim, Submarino e Dancing Aquário. Entre os anúncios coloridos de neon intermitentes e a música alta dos bares e cabarés, veio-lhe a noite em que um comando e um marujo envolveram-se em pancadaria em plena rua por causa da prostituta do Chamanculo, fato que deu uma belíssima peça romântica no Varietá, favor de um insigne poeta moçambicano que assistiu à disputa e decidiu criar a ópera. E sorriu conformado com a idade das coisas à volta e dele próprio, depois pensou no monstro em que se transformara o Hotel Central, uma autêntica heresia ao que lera, há uns anos, num catálogo dedicado à antiga Lourenço Marques:

CENTRAL HOTEL
THE MOST CENTRAL, CONFORTABLE
AND MOST BEST FAMILY HOTEL
— Large and airy bedrooms, mosquito proof
— Large promenade balcony
— Hot and cold baths — French chief.

— No meu país é mesmo assim, mudam-se os templos muito à vontade — disse e esvaziou o copo de uísque.

O estagiário, absorto, a rabiscar raciocínios no seu bloco de notas, assustou-se quando uma jovem atirou-se às suas pernas sorridente e sentou-se como se montasse um pônei. Embaraçado, o jovem deixou cair o bloco de notas e tentou, sem sucesso, desfazer-se do peito quente e ofegante a seus olhos. Sthoe riu-se a bandeiras desfraldadas. Fulia, que viu a cena, aproximou-se da mesa visivelmente contrariada com o gesto da amiga.

— Desculpa, mas essa é a Minjurda...
— Certamente, um nome de guerra, como o teu — disse Sthoe, tentando conter a risada.
— Sim, puta da guerra... — retorquiu Minjurda, colocando-se diante do agente Sthoe com as mãos à cintura.
— Calma, menina, já vi que também tens as tuas mágoas — disse Sthoe.
— Minjurda perdeu os pais na guerra — esclareceu Fulia.
— Bem, desculpa, não tínhamos como saber — disse o estagiário.
— O que tu sabes da guerra? — perguntou Sthoe.
— Eu?!
— Sim, tu.

O estagiário baixou a cabeça.

— Não sabe nada — disse apaziguadora Minjurda e gentilmente passou ao estagiário o bloco de notas que havia caído no chão.
— Então escusas-te de pedir desculpas por mim — concluiu Sthoe. O estagiário mirou o copo vazio do mestre.
— Não estou bêbado, já adianto. — O estagiário permaneceu calado, mas ainda ouviu:
— Você está aqui para aprender, pois então aprenda. Se bebesse, teria mais discernimento...
— Como te chamas? — perguntou Minjurda ao estagiário.
— Deixemos as apresentações para depois, vamos ao ponto — disse Sthoe.
— Quanto é que me pagam?
— Ó menina, vou ensinar-te uma coisa: uma puta diz apenas o que vale.

— O senhor já comeu uma?
— Noutros tempos. Mas vá, diga lá.
— Eu fico com este borracho — disse Minjurda, lançando um olhar guloso sobre o estagiário enquanto passava a língua sobre os lábios de batom vermelho.
— Não estou à venda.
Sthoe riu-se da resposta fria do jovem e pediu à vendedeira mais uísque.
— Traga também mais duas cervejas e um refrigerante...
É assim: toma quinhentos paus e vamos falar sobre a vossa amiga Rabhia.
— Se é para falar da minha Bia, não quero nada, ou então quero este borracho, se ele me quiser — disse Minjurda de olhos de novo no estagiário.
— Você a chamou de Bia — disse o estagiário como quem pergunta e afirma.
— Sim, Bia. Por quê?
— Eu é que pergunto por quê?
— O que tu queres saber? — perguntou o agente Sthoe.
— Não estou a entender nada... — volveu Minjurda.
— Por que você a chamou de Bia? — perguntou o estagiário.
— Ah, é isso? Foi um cliente dela.
— O que fez esse cliente? — perguntou Sthoe.
— Chamava-a assim.
— Vocês conhecem esse cliente? — quis saber Sthoe.
— Não, eram tipos importantes, não vinham pra aqui.
— Nem nomes? — tornou a perguntar Sthoe.
— Nem nomes.
O estagiário deu um gole do seu refrigerante, acomodou-se melhor na cadeira e insistiu:
— Como é que vocês, que dizem ser amigas dela, não conhecem as pessoas com quem ela se envolvia?
— Não conhecemos ninguém.
— Pra aqui, vinha ter com ela qualquer pessoa.

— Mas não eram fixos.
— Agora, pra zona dela, ela levava esses tipos importantes.
— Exatamente, nós ligávamos pra o Tio 17.
— Tio 17 é um taxista.
— Ele vinha, levava nossa amiga e depois seguiam ao encontro dos clientes de luxo, na zona dela.
— Ok, é assim... Nós até conhecemos uns nomes, mas sabemos que não são nomes verdadeiros desses clientes de luxo.
— E como sabem que não são nomes verdadeiros? — perguntou Sthoe.
— Ela disse, queria protegê-los.
— Mas proteger de quem, de quê? — quis saber o estagiário.
— Ninguém ama uma prostituta.
— É verdade. E estavam todos apaixonados.
— Como assim, estavam todos apaixonados?! — perguntou Sthoe.
— É o que ela dizia.
— Os clientes de luxo gostavam muito dela. Um até queria casamento, imaginem.
— É verdade. Ela era mesmo especial.
— Para eles, é como se ela não fosse uma puta, era generosa...
— Por isso preferiu inventar esses nomes. Nem a nós dizia os nomes verdadeiros.
— E o que isso tem a ver com o fato de estarem apaixonados? — quis saber Sthoe.
— Já dissemos, ela queria proteger os amantes.
— Ela é que inventou de se encontrarem numa dependência da zona dela. Alguma coisa a mais existia entre eles.
— Eram importantes, pá, *v.i.p.s* apaixonados, e o primeiro milho vai para os pardais, como ela dizia.

O estagiário e o agente Sthoe trocaram um olhar inevitável, que com a humilde sinceridade que me assiste neste momento sou incapaz de descrever. Sthoe ia fazer alusão às intrigantes coincidências da vida quando o estagiário, como que adivinhando, questionou:

— Que nomes são esses, que ela inventou?
— Ah, sim, havia um Leão.
— Um Maguire e um Porta-voz.
— E eram só três? — perguntou Sthoe.
— Ela só nos falou desses três.

12

No dia seguinte, Ambrósio Lobato, a quem Rabhia chamava Leão sempre que o homem rugia segundos prolongados, as nádegas empedradas e o peito arquejando sem fôlego, disse, diante dos agentes, que trabalhava no Departamento de Medicina Legal do Hospital Central de Maputo, o que já não é novidade até para o leitor. Mas o estagiário achou estranho que o médico legista que examinara o corpo da vítima apresentava-se agora como provável homicida.

— Eu não podia dizer que a conheço, para não comprometer a investigação.

— Para não comprometer a investigação? Não sei o que isso significa — disse Sthoe. — Posso perceber que não queria entrar na lista dos suspeitos...

— Qualquer um no meu lugar faria o mesmo, o senhor não acha?....

O estagiário achou irônica a resposta de Lobato e ficou a espera da reação do mestre. Havia qualquer coisa naquela ironia que parecia envolver os dois, mas que Sthoe não dava importância, pois manteve o mesmo humor, os dedos não tamborilaram sobre a secretária nem desviou os olhos de Ambrósio Lobato. Teve até a impressão de ter visto um levíssimo sorriso no rosto do mestre quando este volveu:

— Mas isso não justifica o fato de o senhor ter omitido.

O estagiário recordou-se que ele próprio não disse ao mestre que conhecera a vítima. Nunca me envolvi com ela, o meu caso é bem diferente deste Leão. Sthoe tem razão, se ele não cometeu o crime, por que omitir que conhece a vítima? Cabe a investigação provar, se ele é o assassino...

Enquanto desenvolvia o argumento, o estagiário teve de reconhecer que procurava justificar a sua própria omissão e esquivar-se de qualquer acusação. Veio-lhe agressiva a ideia que fora justamente ele o primeiro a matar Rabhia. Não sou diferente de quem a tenha tirado a vida. Eu apontei-lhe uma arma, isso não basta para matar uma pessoa? E com que autoridade eu apontei-lhe aquela arma? Era cega. E quem disse que os cegos não veem? Mas isso também agora não importa, o fato é que eu não matei Rabhia, dessa morte física e fria. Mas mataste-a dentro de ti, onde agora germina com o peso e a medida das coisas intangíveis, e isso jamais poderás esconder de ti próprio. Omiti por causa do tio, que me mandou fazer este estágio, porque se Sthoe me manda embora depois desta verdade, estou fodido.

— Por que Leão?
— Achava-me protetor.
— Por isso todos os outros prestam vassalagem ao Rei... Mas o Rei também subjuga...
— Ela achava-me protetor — insistiu Ambrósio Lobato.
— E como é que ela pagava essa proteção?
— Ouça, nós tínhamos uma relação diferente de muitas outras, a prostituta não era apenas um objeto de prazer.
— Rabhia.
— Como?
— Chame-a pelo nome.
— Com certeza — disse Ambrósio Lobato, olhando o estagiário com certo espanto. Entretanto, Sthoe continuou:
— Senhor Leão...
— Para si, Ambrósio Lobato. Sempre...
— Claro, é o seu nome.

Mas o que eu quero saber é como é que a prostituta pagava ao Leão...

O estagiário quis corrigir no mestre a maldita palavra, mas achou melhor não o fazer diante do declarante.

— Eu era o protetor dela porque Rabhia era cega...

— Mas Rabhia era também uma prostituta. Logo, a única forma de pagar pela sua proteção era deixá-lo fornicá-la à vontade, quer dizer, sem pagar.

— Eu exijo do senhor mais respeito, por mim e pela memória da vítima.

— Se a memória da vítima lhe merece tanto respeito, diga-nos: o senhor aproveitou-se ou não da sua cegueira?

Ambrósio Lobato passou o polegar e o indicador da mão esquerda sobre os olhos enquanto pensava no significado da palavra *aproveitou-se*, no seu alcance, se era importante para o revelar como criminoso ou apenas para o obrigar a falar do seu caso com a vítima. E pareceu-lhe tudo aquilo confuso e cansativo. Tudo bem, vamos por partes. Eu me envolvi com a vítima exatamente por ela ser cega, esse fato mantinha-me um desconhecido diante dela, mas nunca tirei qualquer vantagem no sentido de não a pagar pelos seus serviços. Acontece que com o tempo nos afeiçoamos um no outro, de tal forma que a nossa relação não dependia de eu ter ou não ter dinheiro para pagar pelos serviços. Rabhia era acima de tudo uma mulher muito generosa e nós nem sempre nos envolvíamos sexualmente. Rabhia era uma amiga. Ela não se importava se eu a deixava dinheiro ou não, se é isso que o senhor quer saber, apenas dizia que o valor acumulado um dia a levaria de regresso à sua terra de origem, onde sonhava construir uma oficina de corte e costura. E eu não era avaro com ela, eu gostava muito dela, até por uma espécie de compaixão pela sua condição.

Sim, estive com ela, mas isso não prova nada, e ao invés de especulações, espero que o senhor apresente provas...

Claro, provas. E inequívocas, se sou o criminoso.

Steve Maguire ou simplesmente *Maguiri* — O Gingão — como apelidou depois o agente Sthoe traduzindo do Ronga, repetiu o argumento de Ambrósio Lobato. Que também se envolveu com Rabhia porque tirava vantagem da sua cegueira, permanecia um desconhecido. E isso convinha a um cooperante, que inclusive trouxera consigo mulher e filhos. Mas que depois se apaixonou pela vítima, porque era doce e graciosa e de uma ingenuidade merecedora de todo o respeito; era uma ingenuidade cheia de pureza e sabedoria! Que pelos serviços prestados, entre sexo e longas madrugadas de conversa sobre o amor à pátria, que ele, Steve Maguire, fez o favor de inculcar no ego de Rabhia, a prostituta passou a pedir apenas o bastante para um dia regressar a Nampula e continuar a fazer cortinados, roupas de cama e longos vestidos de franjas abaixo dos joelhos. Que Rabhia achava-o inteligente e janota e que a isso chamava feitiço, porque, como dizia, me permitia tirar proveito da ignorância dos outros, mas nunca foi minha intenção fazê-lo em relação à vítima, que era uma santa! Que na noite em que Rabhia perdeu a vida esteve com ela, mas não pôde pernoitar com a amante porque um rival, a quem, engrossando a voz, chamava Leão, estaria a caminho da dependência.

José Todo Património, o Porta-Voz, sentiu-se desconfortável assim que entrou no gabinete do agente Sthoe. O estagiário observou que o declarante mal conseguia encarar o mestre. Sobre a noite da morte, José Património fez o retrato de muitas outras que se passaram. Acompanhou o velho Muzivhi à dependência de Rabhia e esperaram debaixo de uma amoreira até a luz da dependência acender e viram sair um homem. Depois que o homem se perdeu no breu da noite, aproximaram-se da dependência e entraram. O curandeiro não disse uma única palavra à prostituta, mesmo depois desta o ter cumprimentado de forma carinhosa e sorridente. Na verdade, Muzivhi era muito ciumento, já não suportava aquelas rivalidades. Nesse dia, tratou logo de se despir e enquanto o fazia, eu dizia à vítima o que o mestre queria. Era sempre assim, ele tirava as roupas enquanto eu reproduzia os seus desejos à moça, se devia ficar de joelhos ou deitada de barriga sobre a mesa da sala, mas sempre terminavam no quarto, em cima da cama, o curandeiro a perguntar-lhe ao ouvido por que ela não queria casar-se com ele ou a ameaçar-lhe de morte caso insistisse em se vender...

O estagiário sentiu intumescer-lhe o falo; envergonhado, mandou José Património calar imediatamente. O aprendiz de curandeiro voltou os olhos para o agente Sthoe, mas teve que os baixar para o soalho do gabinete. O estagiário observou esta cena mas não disse uma única palavra, nem quis pensar no seu significado. Sentia-se irritado, odiava a declaração de José Património, odiava sobretudo o seu à vontade, por isso tratou de o dispensar e saiu em seguida, precisava apagar as despudoradas imagens que eu, por uma espécie de pudor hipócrita, não expus com a apetecível descrição.

13

Quando as imagens que José Património reproduziu de forma quase obsessiva deixaram de povoar a sua imaginação e alimentar o ciúme que passou a ter dos que se envolveram com a prostituta, o estagiário o procurou. Recordava-se do seu desconforto diante do mestre e precisava entender as razões, pois já registrara no seu bloco de notas, na Rua da Candonga, a sua resposta truncada sobre as razões daquela morte e o sorriso enigmático de Sthoe. Preocupava-lhe a timidez ou o medo que o aprendiz de curandeiro parecia denunciar sempre que encarava o agente Sthoe.

— É simples. Muzhivi conhece o teu mestre.
— Como assim, conhece o meu mestre?
— Desde que eles discutiram na Rua da Candonga que Muzhivi sonha com ele.
— E o que isso significa?
— Ele garante que o homem que vimos a sair da dependência, na última noite, era o teu mestre.
— E por quê?
— Até essa noite, nunca tinha sonhado com ele.
— Sim, passou a sonhar depois da discussão — disse o estagiário com certa ironia. E continuou:
— Mas o que isso quer dizer, exatamente?
— Ele nunca vê a cara das pessoas, quando sonha, mas a do

teu mestre sempre viu, desde que discutiram.

— Isso significa...

— Para Muzhivi, o teu mestre é o culpado desta morte. Sempre o vê a sair da dependência deixando para trás peugadas de sangue.

O estagiário soltou uma gargalhada irresistível, mas José Património manteve-se sereno, como se guardasse um trunfo na manga.

— Isso não faz nenhum sentido. Se o homem que vocês viram a sair, na última noite, era Sthoe, como é que explicas que tenham encontrado Rabhia ainda viva?

— Não sei.

— É claro que não sabes. E achas que um sonho pode incriminar alguém?

— Se tu acreditares nele.

— Eu acredito que tu e o teu curandeiro estão a esconder-nos algo com todo este absurdo.

— Quem já foi capaz de matar a própria mulher pode matar uma prostituta...

O estagiário sentiu o chão desaparecer a seus pés com a ligeireza do vapor. Fixou os olhos espantados em José Todo Património:

— Como é que tu sabes disso?!

— Pergunta ao curandeiro, o sonho é dele.

14

O estagiário abriu a porta do gabinete e encontrou o agente Sthoe com as pernas traçadas sobre a secretária. A cena não era habitual. Na mão direita, Sthoe segurava a *Crónica de Uma Morte Anunciada* e lia o livro com a pachorra com que fumava o tabaco cubano pendente na mão esquerda. Para não o incomodar, o estagiário achou melhor deixá-lo sozinho, mas quando ia a sair, teve que estacar:
— Onde é que te meteste?
— Por aí, a refrescar a cabeça.
— É muito cedo...
— Para refrescar a cabeça?!
— Ainda tens muito que aprender, e por fazer.
— Eu sei, mas... seja lá qual for a importância do que fazemos, sempre nos cansamos.
— Eu já estou cansado, mas com mérito. Agora, tu... fazes parte de uma geração que é capaz de se cansar de não fazer nada...
— Então deixa-me interrogar o curandeiro!
Sthoe retirou as pernas de cima da secretária, onde pousou o livro, e perguntou com indisfarçável expectativa:
— Esse é o próximo passo?
— Para mim é. O depoimento de José Património parece incriminar o curandeiro.
— E por quê?

— Ele disse que o ciúme do curandeiro já não suportava os rivais, para além de ter testemunhado as ameaças de morte que ele fazia à Rabhia, caso ela não aceitasse a sua proposta de casamento. Temos razões suficientes para o chamar.
— E tu vais confrontá-lo?
— Vou.

Sthoe concordou. Na verdade, gostou daquela determinação e havia nos olhos do jovem o brilho, o fascínio de quem finalmente aceitou o jogo. É sempre um jogo, a verdade pode estar em qualquer lugar, mas antes aceitamos o caos, a incerteza, até as mentiras são importantes. É tudo uma ficção, uma verdadeira ficção e este puto vai perceber isso, e deve aceitar isso, para aprender que a mentira é necessária até que nasça a verdade. Não levar muito a sério a investigação, mas controlá-la sempre. Não levar muito a sério significa dar voz a quem nunca falou, dar cor aos objetos, e cheiros, e sabores se for necessário, deixar a natureza vibrar, porque desde que a morte venceu a vida, ela está sempre presente, faz parte do crime, é testemunha e deve ser respeitada na sua relação com o caso. O caso. O caso é um camaleão, vai adquirindo feições dependendo da forma como o investigamos, porque o caso não para e o local do crime é apenas o ponto de partida, ou de chegada apenas. Espero que este puto perceba isto. Sinceramente, espero que ele perceba esta merda.

No dia seguinte, o velho Muzhivi entrou no gabinete acompanhado por José Património. O estagiário sentiu um frio no estômago, não podia imaginar como aquilo iria terminar. O agente Sthoe estava sentado na sua velha secretária, com ar sereno; nem se apercebeu dos dedos, assim que entraram os declarantes, a tamborilar sobre a secretária, impulsionados por um magnetismo difícil de explicar. Talvez fora a memória ignorada da discussão com o curandeiro a agitar-lhe o sangue, um material a que a razão não dera o devido tratamento. Serviu duas cadeiras aos declarantes e calou-se desviando o olhar para o pupilo que os devia interrogar.

— Muito bem, meus senhores. Muito obrigado por terem vindo — começou o estagiário. José Património repetiu em Ndau aquelas palavras para o curandeiro. Um outro homem, sentado num canto remoto do gabinete, abanou a cabeça para o estagiário, afirmativamente.

— Senhor Muzhivi, o senhor alguma vez se envolveu amorosamente com esta...

— Não é amorosamente, sexualmente... — corrigiu Sthoe fixando os olhos no estagiário.

— Senhor Muzhivi, o senhor alguma vez se envolveu sexualmente com esta senhora — voltou a perguntar o estagiário, mostrando uma fotografia da vítima ao curandeiro. José Património traduziu a pergunta e o homem do canto remoto abanou afirmativamente a cabeça para o estagiário.

— *Iwewe unopenga.*

— *Você vai ficar maluco.*

O homem do canto concordou com a cabeça.

— Não foi o que perguntei. Apenas responda às minhas perguntas.

O senhor se envolveu sexualmente com esta senhora?

José Património traduziu e o homem do canto voltou a concordar com a cabeça.

— *Nzvo kadi.*

— Sim.

O outro afirmou novamente com a cabeça.

— Consta-me que o senhor a ameaçava de morte, caso a vítima não parasse de se prostituir e que tencionava casar-se com ela. Confirma?

— *Ndinovona kuti akuru mwakadura rudo rwenyu ko wakatisiyari, mwayida kuvakana naye. Ndizvo?*

O homem do canto franziu a testa. O estagiário fitou José Todo Património e ameaçou:

— Se não queres ir preso, é bom colaborares, porque posso fazer de ti cúmplice deste velho.

José Património refez-se da traição:

— *Ndinovona kuti imwimwi akuru mwakamutemera civaringo, kudayi nyakufa acayizoyimepi kuhura ngokuti mwayizoda kuvakana naye. Ndivzo?*

O homem do canto remoto abanou a cabeça, afirmativamente.

— E o que ele tinha dito antes?

— *Consta-me que o senhor declarou o seu amor à vítima e que tencionava casar-se com ela. Confirma?* — disse o homem do canto numa voz fanhosa.

— Vamos, o curandeiro que responda a minha pergunta.

— *Izvi zvokunyepa, inini ndakavereketa kuti mwana wo rume uwu wayizoda kuvawuraya, ndizvo zvakazoyitika* — respondeu o velho Muzhivi apontando o agente Sthoe.

O homem do canto estremeceu e arregalou os olhos fitando o estagiário. José Todo Património baixou a cabeça. Sthoe parou de tamborilar na mesa. O estagiário pediu a tradução. José Património manteve-se cabisbaixo. O estagiário ordenou a tradução imediata das palavras do curandeiro e tratou de garantir a José Todo Património que não teria outra oportunidade de se corrigir.

— Isso não é verdade, eu apenas disse que esse homem haveria de a matar e foi exatamente o que aconteceu.

O homem do canto concordou com a cabeça. O estagiário voltou o olhar para o mestre. Sthoe leu-lhe a acusação. Sempre esperou o sinal derradeiro para entrar em cena, sempre soube que teria de intervir, mas não imaginava a defender-se de uma acusação, pois desde o princípio desta história teve o controle do caso. O polícia colocou-se de pé e argumentou, em passadas cadenciadas pelo gabinete, contra a acusação que acabava de ouvir, primeiro porque não percebo a razão de o senhor José mentir neste gabinete, ao afirmar que o seu mestre ameaçou a vítima de morte e que a queria como esposa. E isto o estagiário ignora...

Segundo, não percebo com que fundamento material este homem me acusa de ter morto a prostituta, imputação muito grave — e, se ele não sabe, alguém trate de o traduzir, para que conheça a punição da sua criminosa ignorância. Mas isto também o estagiário ignora...

Terceiro e finalmente, tu, pega nas tuas coisas e rua daqui! E diga ao teu tio que não passas do aborto de um rafeiro, um estúpido ranhoso.

O estagiário levantou-se, as mãos tremiam, as pernas não se aguentavam de pé, os olhos chispavam. Quis gritar, retaliar o impropério, mas a voz grudara-se aos nervos e o mais que conseguia era suspirar.

— Eu menti para incriminar este velho, mas, quando voltei a casa dele, contou-me tudo o que eu havia dito aos senhores e disse-me para esperar os resultados... — disse cabisbaixo José Património, o estagiário ainda de pé, de olhos fitos no agente Sthoe.

— Sempre recusei acompanhar-lhe àquela dependência, mas ele me obrigava, por causa da língua, e dizia que se não o fizesse nunca teria filhos. Fui obrigado a assistir cenas de sexo, mas cansei-me, por isso, quando ela morreu, achei a oportunidade de me livrar de tudo.

— E a acusação que ele me faz?

— Ele é que me contou, disse que sonhou — respondeu José Património.

— Um sonho?! E tu sabias disto? — perguntou Sthoe ao estagiário.

— Sim. Eu vi o José incomodado com a sua presença quando esteve cá e procurei por ele para perceber o que estava a acontecer — disse o estagiário, desviando o olhar vencido.

— Já percebi: procuraste por ele, ouviste o que quer que tenhas ouvido, não falaste comigo, mas decidiste orquestrar esta cena ridícula para me acusar!

Pois bem, então digo-te que conheço a puta. Sim, conheço-a e a comi várias vezes. Mas não a matei. Mas isso agora não interessa, duvido que possas acreditar, pois já devias saber que

somos uma equipe e que numa equipe não há segredos, seja lá de que espécie, sobretudo se são inventados por um estagiário.
— Desculpa!
— Nem sequer aprendeste a não pedir-me desculpas, seu filho da mãe. Rua! E leva contigo essa escumalha.
O estagiário tratou de dispensar o curandeiro, o seu ajudante e o homem do canto da sala. Depois pegou no seu bloco de notas, fitou o agente Sthoe enquanto atirava-lhe um manguito imaginário e bateu a porta.

15

Quando a recepcionista do Departamento de Medicina Legal do Hospital Central de Maputo pronunciou de forma severa, pela terceira vez, Ambrósio Tabaco, o estagiário não a corrigiu mais. Percebeu, definitivamente, a marca do homem a quem iria pedir o resultado da autópsia ao cadáver de Rabhia. Minutos depois, o legista apresentou-se, mas o estagiário não se apercebeu, pensava nas motivações para a jovem de cabeça de um javali tornar pública uma tão ruinosa característica. O médico teve que dar-lhe um estalo no ombro; o estagiário despertou e sorriu cordialmente. Ia dizer a que veio, mas desconfiou que os ouvidos da jovem estivessem vigilantes, por isso pediu conversar no Café contíguo à Recepção.

Ambrósio Lobato ainda acomodava os ombros espadaúdos às costas da cadeira quando o estagiário pediu o resultado da autópsia. O médico percebeu a tensão na voz tremida, por isso demorou na resposta enquanto o examinava. Sacou de um dos bolsos da bata branca um cigarro, acendeu-o sempre de olhos postos no jovem.

— É impossível — disse finalmente.

O estagiário não compreendeu.

— Sem uma credencial, uma carta do seu tutor, você não consegue o resultado da autópsia. Você não tem autoridade, entende?

O estagiário permaneceu calado, pensativo. Pensou em Sthoe, no manguito que o atirou. Pensou no tio, para quem ele não passava de um *congunhável*. Pensou em Rabhia e viu-a mais uma vez. Nenhum destes a viu como a vejo, eu vejo-a como se ama! Apenas isso. E isso é tudo. Agradeceu a atenção de Ambrósio Lobato, levantou-se, deu três passos e voltou-se para o médico:

— Mas eu volto, com a tal credencial.

***

Sthoe abriu a porta do gabinete e encontrou o estagiário sentado à sua secretária.

— *Não me fodam* — [...]. — *Nem vocês nem o meu pai com os seus tomates de veterano.*

Teria lido o último capítulo da Crónica de Uma Morte Anunciada, mas parou no penúltimo, justamente na fala de Bayardo San Román, e esperou mais de quatro horas para a dizer, em voz alta, ao agente Sthoe parado no umbral da porta, a mão grudada à maçaneta. Ensaiara a cena até a secretária se incomodar com os gritos e decidir ligar ao chefe para o informar do teatro instalado no seu gabinete. Sthoe largou o que não importa aqui referir, não sem o espanto do leitor, e correu à PIC.

Gosto do livro, mas não conhecia o autor. Não és obrigado a saber tudo. Sthoe largou a maçaneta e entrou. Não disseste que ias embora? Nunca disse. Mandaste-me à foda, é igual. Eu apenas levantei-me e saí. Sim, mas eu vi nos teus olhos, um homem na minha idade vê nos olhos coisas que todo mundo esconde.

Sthoe sentou-se à frente da secretária, tinha maturidade suficiente para aceitar a inesperada substituição e estava claro, o rapaz esfriara a cabeça ou crescera mais um pouco, é a mesma coisa. Preciso que o senhor me ouça. Não, tu precisas continuar a investigação. Sim, é sobre isso, mas primeiro temos que resolver algumas coisas. E que coisas são essas?

Sempre suspeitei de que o senhor a conhecia e até se envolveu com ela. Primeiro, foi no local do crime, o senhor soltou uma gargalhada estranha, não habitual para a sua forma de ser, assim, como direi, debochada, fazendo pouco caso até das situações mais difíceis, como se a vida fosse qualquer coisa como uma grande mentira. Naquele dia, quando José Património justificou a morte da Rabhia, o senhor riu-se dessa forma estranha. Eu achei curiosa, mas não dei qualquer importância. Entretanto, outras coisas aconteceram e me deixaram intrigado. Depois foi aqui mesmo no gabinete, quando voltamos do local do crime. O senhor chamou-a de Bia. Eu perguntei-me por que razão haveria o senhor de usar um diminutivo para uma pessoa desconhecida. Os diminutivos parecem implicar uma relação de intimidade. Eu poderia ficar nesta especulação, mas depois deu-se aquela coincidência que o senhor sabe que eu reparei — também percebi o seu desconforto — quando a Minjurda usou o mesmo diminutivo para se referir à Rabhia.

Por que nunca a tratas por prostituta? Já discutimos isso; ela tem um nome. Mas tem também a tua admiração. O estagiário calou-se. Sthoe também não disse uma única palavra, esperava a revelação que ele já suspeitava e o leitor sabe.

Eu amo-a.

O agente Sthoe acendeu um cigarro sempre em silêncio. Explica lá isso. Não sei explicar. Para tudo há uma explicação. Não para o amor. Não para o amor a uma prostituta. Aí está a nossa diferença; eu não amo uma prostituta, amo a Rabhia. A tua Rabhia morreu, agora explica-me lá: como é possível amares uma defunta? Nós amamos coisas que não conhecemos sequer, coisas intangíveis até, qual é o problema de amar uma defunta? Tudo bem, posso concordar contigo, afinal, amamos as pessoas mesmo depois de mortas; mas merda, onde pensas que isto vai acabar? Não sei. Eu sei, na loucura. E o que devo fazer, se é algo que não sei explicar, não sei sequer entender? Para com essa obsessão, a Rabhia não existe e para ti nunca existiu sequer; porra, com tanta gaja boa por aí e tu vais te apaixonar logo por uma morta? Morta pra o senhor, não pra mim. Tu ouviste o que acabaste de dizer? Se ouviste, repita lá, se tens coragem.

Sim senhor, eu amo a morta, eu amo a Rabhia, eu amo a prostituta, disse o estagiário, e impôs-se um silêncio breve mas lúgubre, e o jovem começou a chorar.

16

Vamos combinar uma coisa, não se fala mais neste assunto. Concentremo-nos na investigação. O estagiário concordou, pois percebeu que Sthoe não tinha uma solução para a sua loucura, como ele próprio garantiu. Toda a noite chorou enquanto discutiram a questão, mas em nenhum momento o mestre ousara dizer uma palavra de conforto que o deixasse amar para lá dos limites da razão. Pelo contrário, Sthoe remetia-se ao silêncio assim que os olhos do estagiário marejavam. O amor se esvai em lágrimas, deve ter pensado, para me deixar a chorar sem amparo. Ou era incapaz de me mandar a um psicólogo sem antes pensar no meu tio.

O senhor concorda com os fatos que me levaram a pensar que a conhecia? Não são fatos no sentido de confirmarem o meu envolvimento, se é isso que queres dizer com a palavra *conhecer*. Se queres provar a tua hipótese, faça outro exercício. Mas eu já te facilitei a vida, já admiti que a conheci, disse o agente Sthoe, também eufemístico, como agora convinha. Mas não matei a moça. O "número desconhecido", no registro de chamadas, é o meu. Nunca me quis revelar, ela não sabia nada de mim, apenas que fui militar. Mas não podia dizer que a conhecia no início da investigação, isso permitia-me cumprir com a exigência do teu tio e assim evitar que ele me denunciasse como o responsável pela morte da minha mulher.

Conheci o teu tio em 1966, em Nashingwea, onde fizemos o treinamento militar. De lá seguimos, amigos, para o combate em Niassa. Como aconteceu com muitos, o teu tio apaixonou-se por uma camarada que mais tarde viria a trabalhar como professora nos cursos de alfabetização em Mandimba. Comunicou o desejo de se casar com ela às estruturas superiores. Enquanto aguardava a resposta, ele apresentou-me à camarada. Nesse dia, como nunca havia experimentado antes, senti fulminante na carne e no sangue um irreprimível desejo de possuir a bela jovem. Há duas coisas que deves preservar numa amizade, o dinheiro e as mulheres. Eu não respeitei aquela mulher, a mulher do meu único amigo durante aqueles anos. Fiz de tudo para os chefes censurarem e negarem aquele casamento, disse-lhes que tanto o teu tio como a bela camarada carregavam o mesmo apelido, o mesmo sangue, e era verdade. Eles trataram de considerar a união adúltera e um atentado à construção de uma consciência verdadeiramente nacional, onde a tribo deveria morrer.

No dia em que o teu tio finalmente desarmou, orquestrei uma ofensiva com o objetivo de me casar com a jovem e descobri que ela já se interessara, antes, por mim, mas o teu tio estava tão obcecado a ponto de ameaçar-lhe de morte caso não ficasse com ele. Se calhar era uma forma de afastar a concorrência, afinal, não éramos os únicos a grudar os olhos naquela mulher. Mas o fato é que ela sempre gostou de mim, por isso não hesitou em aceitar quando a requestei. Tratei imediatamente de pedir a aceitação das estruturas superiores sobre as nossas intenções, mas o teu tio soube dos meus objetivos por um despeitado concorrente e tratou de tramar a coisa mais estúpida que eu podia imaginar. Estuprou a camarada e ela engravidou.

Sim, violou-a.

Quando faltavam três semanas para o nosso casamento, ela procurou-me e desfez o noivado, disse que era estéril e que eu devia saber o quanto antes. A muito custo, aceitei a decisão, porque não passava pela minha cabeça não deixar nesta terra des-

cendência. O amor, às vezes, é chantagista.
 O teu tio gozou tanto comigo até que, um mês depois, cansado, pedi às estruturas que me colocassem noutra frente de combate. Aliás, eles já haviam se apercebido da minha desconcentração, disseram-me no dia que apresentei o pedido. Trataram da transferência e eu segui a minha vida. Mas nunca deixei de pensar nela.
 Anos depois, quis o destino que eu regressasse a Niassa, voltamos a reencontrar-nos e confessei-lhe novamente o meu amor. Ela também recebia-me, mas considerava-se imprópria para mim. Insisti que ficássemos juntos, esqueci o sonho dos filhos e garanti uma união estável até à morte. Disse que só aceitava se fosse longe daquele lugar, o que veio a acontecer depois da independência, em Maputo.
 Ela ainda foi trabalhar no Centro de Formação de Majune. No seu regresso, eu já andava esquecido neste gabinete a mandar alguns incautos aos campos de reeducação, mas o desejo de ter filhos começava a incomodar-me de novo e insisti que tentássemos todas formas, mesmo as consideradas supersticiosas, contra a moral pública, mas ela foi sempre esquiva. E esquivou-se tanto a ponto de eu desconfiar das suas palavras. Investiguei o caso, falei com uma camarada, nossa amiga desde Niassa, e descobri que afinal sempre teve um filho, e com o teu tio.
 Certamente não sabias do teu primo, mas o teu tio sempre soube, mas o remorso não o deixa assumir a paternidade. Quando me vinguei e matei a minha mulher, ele foi o primeiro a aparecer. Discutimos, ele acusou-me de ter interferido na sua relação. Eu disse-lhe que o caso deles não tinha condições de progredir, que ele sempre soube disso e por isso devia ter aceitado o desfecho. Chamou-me assassino, deu-me as costas e foi-se embora. Não o vejo há dezoito anos.
 Eu não tenho mais condições de continuar esta investigação, estou velho e cansado, mas tenho de pagar o preço do silêncio do teu tio, senão esta história não faz sentido. Escuta bem o que te vou dizer: não podes desapontar o Vasco, mas, para isso, não

me podes desapontar a mim. Vai, continua a investigação, partilha-a comigo e chegarás à verdade.

— Afinal existe uma verdade?

— Sempre existe uma, seja lá quem a invente.

— Preciso de uma credencial.

— Como assim, uma credencial?

— Para o médico legista. Preciso de algo que me autoriza a pedir o resultado da autópsia.

— Tudo bem, eu passo-te a credencial. Mas agora ouve, quero que conheças alguém, uma sobrinha...

17

A jovem de cabeça de javali sorriu quando o estagiário pediu falar com o Dr. Ambrósio Lobato. "Tabaco", corrigiu e pegou no auscultador do telefone e discou. Quando o médico legista apareceu, o estagiário relia os papéis que devia apresentar. Não os cansava de ler desde que saiu da PIC. Os documentos, onde se grafava em letra de imprensa o seu nome, davam-lhe uma sensação de responsabilidade. Era uma credencial e uma desnecessária carta de recomendação, mas na qual Sthoe encontrara a única forma de tecer elogios ao sobrinho do velho amigo. Para o estagiário, que lia a carta com especial interesse, os adjetivos, muito redondos, exprimiam a convicção do mestre na sua capacidade investigativa e, pela primeira vez, gostou daquilo tudo, daquele trabalho, do seu mestre e até do tio Vanimal. E estava disposto a mostrar-se capaz. No início, quando o agente Sthoe passou-lhe os papéis e viu neles o seu nome, sentiu um misto de orgulho e medo, mas agora iria provar que era capaz. Ninguém nasce talhado para coisa alguma, a vida ensina, a vida molda, se não temos o que gostamos, aprendemos a gostar do que temos. E a imagem de Rabhia apareceu-lhe mais uma vez, e não era apenas amor, era a própria vida, aqueles dias, aquele estágio, a única coisa para provar que era capaz. Riu-se. O destino é uma coisa engraçada, Rabhia é minha emancipação; tudo isto, afinal, é por mim! A mulher que amo é a que me ensina a vida.

— Vejo que já tem tudo arranjado.

O estagiário não respondeu, sorriu apenas e mostrou-lhe os documentos. Ambrósio Lobado acendeu um cigarro e passou a ler os papéis. Mas o seu olhar demorava-se nas entrelinhas, cirúrgico, e o estagiário sentiu o coração descompassar.

— Por que a recepcionista o trata por Tabaco? — perguntou para se esquivar de qualquer azar, fosse uma vírgula a mais, o seu nome mal escrito ou a falta de um carimbo, detalhes que na emoção não tivera o cuidado de observar.

— Porque eu disse-lhe que tinha a cabeça de um javali — disse o médico a pousar os papéis sobre a mesa. E continuou:

— Está tudo certo. Volte dentro de hora e meia.

O estagiário não entendeu a razão de ter de esperar tanto tempo para receber o resultado, mas agradeceu, recolheu os documentos e saiu. Ia a pensar na mania estampada na resposta do médico, no número de compatriotas com a mesma mania, no número de estrangeiros amigos desses compatriotas, no engenhoso inventor daquela mania, daqueles compatrícios e estrangeiros, quando chegou à Av. 24 de Julho. Tomou o *Chapa Cem* com destino ao Bairro Luís Cabral. Ao descer do semicoletivo, dirigiu-se à dependência dezenove e setenta e cinco, da Rua da Candonga. Enquanto se aproximava do local, uma dúvida impunha-se, reduzindo-lhe o passo. O que era aquilo? Um encontro... ou apenas uma visita ao cubículo onde a vítima recebia os seus algozes? Parou diante da porta, uma pequena porta de madeira, velha embora disfarçada num verniz acabado de pintar. Bateu. Ninguém respondeu. Pediu licença. O mesmo silêncio. Girou a maçaneta e a porta cedeu. Sentiu o ar abafado vindo de dentro e viu então que as três janelas frontais estavam fechadas. Entrou e acendeu a luz.

O espaço é parco de móveis. Uma mesa de jantar em madeira. Duas cadeiras inteiras e outras duas sem os pés anteriores, encostadas à parede branca que faz o cumprimento da pequena sala. As cortinas, vermelhas. Uma poltrona na parede entre a sala e o quarto. Diante da poltrona, uma mesinha de centro, onde são esquecidos um copo de uísque, uma garrafa de vinho deitada, vazia, e um cinzeiro com resíduos de um pó entre o branco e o castanho. Uma pequena casa de banho revestida em azulejos com motivos marinhos. No quarto minúsculo, uma cama solteira, uma mesinha de cabeceira encimada por uma ventoinha *Royal* metálica, lembrança de um chinês que a ofereceu num dia de muito calor, em que as chapas de zinco estalaram como ovos pré-câmbricos, e um velho *Xirico*[9]. Ainda que o leitor não vá acreditar, devo referir, sem o tom mítico das coisas fantásticas, que naquele momento, exatamente no momento em que o estagiário pôs os olhos no *Xirico*, o pássaro cantou um derradeiro amor com Vinicius de Moraes e o Quarteto em Cy.

Amo-te tanto, meu amor... não cante
O humano coração com mais verdade...
Amo-te como amigo e como amante
Numa sempre diversa realidade.

Amo-te afim, de um calmo amor prestante,
E te amo além, presente na saudade.
Amo-te, enfim, com grande liberdade
Dentro da eternidade e a cada instante.

Amo-te como um bicho, simplesmente,
De um amor sem mistério e sem virtude
Com um desejo maciço e permanente.

E de te amar assim muito e amiúde,
É que um dia em teu corpo de repente
Hei de morrer de amar mais do que pude.

---

[9] Xirico: marca de rádio portátil; pássaro cantor.

Quando a música parou, o estagiário entrou no quarto, apavorado. Observou o rádio, continuava velho e inútil, um atavio de memórias. Olhou tudo à volta e teve a sensação de que as paredes e cortinas quisessem segredar-lhe intimidades. Via em tudo bocas abrirem-se num enorme espanto. E gritavam o pavor de um prazer sentido à flor da pele e às multidões. Chocalhou a cabeça e voltou a si; descobriu a pele úmida, transpirava. Avançou e observou a cama, tocou nos lençóis ainda desfeitos; viu, entre os panos, Rabhia deitada, o corpo tal como à primeira vez, polposo e virgem, fulgurante. Sentou-se e ouviu o ranger das molas cansadas, pensou no depoimento de José Todo Património e viu todos os homens ali, na mesma cama, nus, diante da prostituta. Observou os êmbolos com que se faziam à mulher que os recebia como quem esconjura os medos do mundo. A princípio, ela reclamava das proporções descomunais, chorava, pedia todas as desculpas, mas depois apenas gemia, puxava os lençóis, retesava os dedos das mãos e dos pés como um animal em sacrifício, e quando finalmente as carnes se alongavam numa dança que ela própria desconhecia, pedia mais, pedia todos os desejos dos homens e com a força de um animal selvagem endiabrado. Então os homens, espetados até às bolas, assustavam-se a ponto de evocarem as derreadas forças no álcool sempre presente, pois sabiam que de outra forma os êmbolos jamais se libertariam daqueles aposentos, algo de se ver muito em canídeos na alvorada do mundo.

Despertou e reparou que segurava o êmbolo na mão direita. Não demorou o espanto jamais experimentado, quando viu o algodão em gotas entre os dedos ainda eretos. Saltou da cama e tratou de limpar o sonho na palma da mão. Ao fechar a braguilha das calças, deu com a perna em algo debaixo da cama. Espreitou e descobriu uma pequena mala castanha. "Tudo bem, fica entre nós". Abriu a mala e descobriu notas em meticais entre maços de reais, dólares e euros. Voltou a fechar a mala e empurrou-a para o fundo da cama, junta à parede.

— Não te preocupes...

18

O estagiário entrou sem bater, disparado. O agente Sthoe fumava calmamente um cigarro ordinário, os pés traçados sobre a secretária.
— Não, eu nunca iria encostar a arma na tua boca...
— O quê?! — perguntou Sthoe sobressaltado.
— O senhor disse que não achou nada na dependência da vítima... E o pó no cinzeiro? E o copo de uísque? A garrafa de vinho?
— Já te disse que o estagiário aqui és tu.
— Isso não faz sentido...
— Tu é que devias ter ido à dependência, mas era preciso também proteger o local onde encontramos o corpo, com todos aqueles abutres a volta, por isso fui pessoalmente. Mas depois pensei que devias chegar lá sozinho, por isso não te disse nada.
— E correr o risco de comprometer a investigação?...
— Por que faria isso? Interessava-me apenas que tomasses a iniciativa de ir até lá, quando tivesses que tomar.
— E se eu não fosse?
— Tu foste...
O estagiário calou-se, não podia responder, era incapaz de responder à uma frase que simplesmente afagava-lhe o coração e o enchia de orgulho.
— Agora aprende: nestas coisas o tempo é tudo, não podes

demorar a recolher as provas, sob o risco de desaparecerem e pelos mais diversos motivos.

É claro, eu sabia que até tomares a decisão de ir à dependência, poderia ser já tarde, afinal, eu disse que não havia nada lá. Por isso, naquele mesmo dia, pedi ao Laboratório Central de Criminalística que examinasse tudo isso que tu encontraste.

— E os resultados?

Sthoe tirou da gaveta da secretária o laudo pericial e passou-o ao estagiário.

O estagiário leu-o durante alguns minutos e finalmente disse:

— Preciso das digitais da Rabhia.

— Pois é — disse Sthoe pondo-se de pé para espreguiçar o corpo. Voltou a sentar e prosseguiu:

— Quando entraste, disseste que não ias encostar a arma na minha boca...

— Eu não disse isso.

— Como não? Eu ouvi.

— Bem, não se pode dizer que o que o senhor ouve é o que eu digo — disse o estagiário a rir e continuou:

— Vou pedir as impressões digitais da Rabhia, dá licença. — Pegou no telefone e ligou ao Laboratório de Criminalística. Ao descansar o auscultador, não disse uma única palavra, virou-se diante dos olhos espantados de Sthoe e saiu.

Quando chegou ao Departamento de Medicina Legal do Hospital Central de Maputo, o estagiário viu um homem na Recepção. Suspirou de alívio, mas logo de seguida a recepcionista saía de uma porta onde se lia *WC*. Reparou então que o homem atrás do balcão de atendimento era o segurança da instituição. Atirou o corpo sobre a cadeira reservada aos visitantes. Contou até cinco e voltou a levantar-se e dirigiu-se à recepcionista que entretanto ocupava o seu posto. Ela não o deixou falar, disse imediatamente "Tabaco..." e mandou-o esperar.

— É natural que não te lembres de nada.
— Estás a falar comigo? — perguntou a recepcionista.
— Eu não disse nada — garantiu o estagiário e foi sentar-se.
A jovem de cabeça de javali abanou a cabeça, pegou no auscultador e discou. Quando Ambrósio Lobato assomou à recepção, o estagiário colocou-se novamente de pé, visivelmente ansioso.
— Pronto, aqui está o resultado da autópsia.
O estagiário voltou a sentar-se, o semblante ganhou subitamente o ar grave da ansiedade antes da revelação. Abriu o envelope e o papel que ia dentro. Leu.
— Gostei da frase: a morte não guarda memórias.
— Eu não escrevi isso — replicou o legista.
— Como?!
— O que se passa com você?
— Esse agora deu pra falar sozinho — disse a recepcionista.
— Quem fala sozinho?! — quis saber o estagiário.
— Está tudo bem com você?
— Claro. Então este é o resultado...
— Ao observar o corpo, descobri duas coisas. Primeiro, um edema cerebral. Segundo, veias endurecidas. Estes fatos levaram-me a fazer a colheita do sangue da vítima. Essa amostra foi levada aos Serviços de Toxicologia, que fez uma investigação químico-toxicológica...
— Heroína...
— Certo. Os resultados dos exames laboratoriais indicam que a vítima morreu de uma overdose de heroína injetada. Pedi também a determinação de álcool etílico no sangue e verificou-se que a vítima havia consumido álcool, mas não o bastante para provocar a sua morte.
— Heroína...
— Pois é, heroína.
— Preciso de um exame toxicológico para todos os que se envolveram com Rabhia.
Ambrósio Lobato assustou-se. Virou-se para a jovem de cara

de javali e encontrou-a atenta à conversa. O legista aproximou-se dos ouvidos do estagiário e perguntou:

— Cara, como é que você vai fazer isso, no meu caso?
— Como assim, no seu caso?
— Eu conheci a pros...
— Rabhia.
— Sim, eu conheci Rabhia, fomos até amantes, e agora viro suspeito da sua morte? Isso pode dar confusão aqui.
— E por que não?
— Você acha que se eu tivesse morto a vítima, teria ido ao local do crime quando o seu tutor me chamou? Você não entende...
— O que eu preciso entender?
— O Sthoe me chamou exatamente porque nós nos conhecemos e ele não queria mais ninguém a observar o corpo senão eu. Você acha que se ele desconfiasse que sou o assassino me daria o caso?
— Eu percebi que vocês se conheciam de algum lugar...
— Dali mesmo, cara, daquela dependência. Nos cruzamos umas vezes. Depois até bebemos uns copos juntos. Mas eu não matei Rabhia!
— Mas então por que ele queria somente o senhor a examinar o corpo?
— Bem, o Sthoe disse apenas que aquele era o caso da sua vida, por isso queria alguém confiável. Na verdade, ele praticamente me obrigou a examinar o corpo, disse que poderia envolver-me num escândalo, caso não o fizesse.

O estagiário calou-se, pensativo. Aquelas palavras faziam todo o sentido diante da ameaça do tio, caso Sthoe se recusasse a orientar o seu estágio.

— Como pode ser, se dizes que a morte não tem memória?
— O quê? Cara, com quem você está falando?!
— Eu já disse, esse agora deu pra falar sozinho — disse a jovem de cara de javali.
— Eu não falei.

— Você falou sim, é claro que falou.
— Ou o senhor anda a ouvir coisas?
Ambrósio Lobato calou-se, mas a observar o estagiário com muita suspeição. Ia dizer qualquer coisa sobre consultar um psicólogo, mas o estagiário recebeu uma chamada do Laboratório Central de Criminalística. O jovem levantou-se e saiu sem dizer uma única palavra ao legista. O médico ficou sem saber se conseguira esquivar-se da polêmica que a recepcionista teria muito gosto em divulgar.

Diante do mestre, o estagiário apresentou os resultados da pesquisa.
— Os resultados são claros. Segundo o laudo pericial que o senhor me passou, o pó no cinzeiro é heroína. A autópsia revelou também que Rabhia morreu de uma overdose de heroína. Os criminalistas dizem que as digitais no copo de uísque são dela. Mas as da garrafa de vinho não, são diferentes.
— E de quem são? — perguntou Sthoe, visivelmente ansioso.
— Impossível determinar, não temos uma base de dados que permita saber. Com alguma sorte, fazendo um cruzamento de dados com os Serviços de Identificação Civil ou do registro criminal, poderemos chegar ao suspeito. Mas eles andam tão desorganizados que essa hipótese é até remota.
— Há uma segunda hipótese.

19

A segunda hipótese consistia em recolher as impressões digitais de todos que se envolveram com a prostituta na dependência dezenove e setenta e cinco. Ambrósio Lobato, Steve Maguire, o velho Muzivhi, José Todo Património. O estagiário fez questão de recolher também as impressões de Fulia e Minjurda. Mas quando o Laboratório Central de Criminalística apresentou os resultados dos exames, nenhum deles correspondia às impressões da garrafa de vinho.

O leitor deve se perguntar por que não tiraram as digitais do agente Sthoe. O estagiário não o quis confrontar com mais uma suspeita, sentia-se tão perto de resolver o caso e não queria perder-se em discussões com o mestre. Na verdade, eles tinham conquistado um nível de confiança onde não cabiam suspeitas nem discussões, embora Sthoe tenha o hábito de guardar sempre um segredinho. O estagiário não sabe e jamais saberá das intenções do mestre com este caso, uma reforma coroada de insígnias pelo trabalho feito em nome da Pátria, tampouco adivinha que o plano falhou porque chegaram tarde à Rua da Candonga, depois de a televisão ter abandonado o local. E os jornais não se dignaram em acompanhar o processo investigativo. Mas se eles tivessem chegado a tempo, teria sido tão loquaz quanto dramático, a ponto de fazer correr rios de tinta e movimentos da sociedade civil pela cidade exigindo uma lei que proteja a camada vulnerável, de modo que, ouvidos os mais aduladores comentaristas das televisões públicas e privadas, um incauto conselheiro presidencial teria a brilhante ideia de se condecorar mais um cidadão exemplar, cujo trabalho abnegado despertara a consciência da sociedade a ponto de se decretar a referida lei. E isto seria apenas o princípio, porque daí em diante, rádios e televisões abririam com notícias de vilipêndios, agressões e assassinatos orquestrados contra homossexuais e transexuais, e outros processos investigativos dariam em novos movimentos e novas leis para novas condecorações. Mas com essa trama, nós sabemos que Sthoe jamais teria sido o herói esperado, pois não podendo desviar de si a atenção das televisões e dos jornais para a figura do imberbe estagiário, o Comandante Vanimal o detonaria, reunidas que estão as provas de ele ter assassinado a própria mulher. Sendo assim, Sthoe permanece um anônimo, um desesperado que terá como único ato digno salvar a própria pele e, quiçá, transformar este imberbe num homem. E como às vezes acontece na vida real, também aqui Sthoe jamais será penalizado pela morte da mulher, e em nenhum outro livro escrito por mim, claro está, embora nada me impeça de mudar de ideias, deixo aqui escrito. O certo é que vai morrer, uma morte natural, desejo eu e não minto. Consigo até gostar dele, às vezes! Está velho, coitado! Quando envelhecemos, a morte é que nos merece, não o contrário.

 E agora, o que faço? Queres que me tirem as digitais, também? Não, não é necessário. Não, calma, eu posso conseguir isso discretamente. Não é necessário, algo me diz que não é necessário. Agora és intuitivo? Andei a ler que a intuição pode ajudar. É verdade, e espero que a tua seja válida. Mas algo me está a escapar. Eu sei o que é isso, a sensação do caos; se te sentes assim, não te resta mais nada senão passar em revista todas as anotações que fizeste desde o início da investigação, pode ser que a chave esteja perdida por aí.

 O estagiário puxou o seu bloco de notas e examinou-o durante perto de trinta minutos. O agente Sthoe observava-o, discretamente, e os olhos cansados brilhavam de satisfação. Quando o estagiário levantou a cabeça e disse Margarida!, Sthoe apenas disse Argumenta!

Na Rua da Candonga, ela disse conhecer Rabhia, aliás, disse que a encontrou na Baixa, a chorar, e que lhe deu comida e cama; disse, inclusive, que Rabhia roubou os seus homens, por isso a mandou embora da sua casa; claro, ela tem motivos suficientes para cometer o crime, Rabhia roubou-lhe os homens; espera aí: o senhor, por acaso, foi cliente da Margarida? Fui, disse Sthoe acendendo o cigarro e desviando o olhar de satisfação para a janela do gabinete. E por que nunca me falou da Margarida? Se fosse para falar das minhas putas, era melhor que fosses um escritor. Mas o senhor alguma vez suspeitou da Margarida? Claro, desde o início, afinal, conheço a história delas, mas, como tenho dito, o estagiário aqui és tu. Eu teria resolvido este caso há bastante tempo, miúdo, mas lá está, como lidava com a ameaça do teu tio?

Eu conheci a Rabhia ainda em casa da Margarida, a maior prostituta da Rua do Bagamoyo; ela andou a instruir todas aquelas miúdas. E os homens? Que homens? Os que interrogamos. Apenas o médico, conheci-o quando ambos frequentávamos a casa da Margarida. Mas só depois, quando a Rabhia foi expulsa, vim a saber que fornicávamos, quero dizer, envolvíamo-nos com a mesma mulher, no caso a Rabhia. Aí fiz questão de o conhecer pessoalmente e desenvolvemos até uma espécie de amizade. Recordas-te daquela conversa sobre a Marrabenta e o Samba? Sim. Foi apenas uma distração e, pelos vistos, caíste na coisa; eu queria que ele examinasse o corpo e falávamos sobre isso. Ambos lamentamos a morte da Rabhia, mas estava ali a única oportunidade de me livrar do teu tio. Agora vai, vai conhecer essa mulher. Confronta-a, mas cuidado, apesar de velha, ela continua astuta, leva o gravador e vê se consegues as impressões dela.

— Se não fossem os tiros, não terias fugido e eu jamais te conheceria.

O agente Sthoe não disse uma única palavra, permaneceu calado enquanto observava espantado o estagiário e pensava como é que o velho amigo haveria de lidar com a novidade.

20

O estagiário chegou ao Bairro Xinhambanine e procurou por Margarida; os cabralenses indicaram-lhe uma das poucas vivendas do bairro. Antes de entrar, o jovem deteve-se a observar a casa de pedra e ferro, distinta entre casebres de madeira e zinco a reclamarem da traça e da ferrugem dos tempos. Ligou o *Rec* do gravador no bolso da camisa debaixo do pulôver castanho e empurrou o portão que dava para o quintal da casa. O portão guinchou. Quatro metros adiante, na janela próxima à entrada principal, uma cortina moveu-se ligeiramente, mas o estagiário não viu se alguém espreitou. Susteve o passo e ouviu a lustrosa porta de madeira abrir. A matrona Margarida assomou e parou à ombreira da porta, as mãos à cintura, a fronte enrugada e o olhar cheio de desconfianças.
— Você quem é?
O estagiário gaguejou de medo, mas falou:
— Bernardo... Bernardo Bastante Sozinho.
— Ber... quê?! —
— Bernardo Sozinho. Eu sou da polícia.
— E quer o quê?
O recém-chegado aproximou-se mais da senhora, subiu o primeiro dos três degraus que davam à entrada da casa, olhou-a nos olhos e disse:
— A senhora não se lembra de mim?

A prostituta cerrou os olhos e o peito começou a arquejar. Bernardo Sozinho tirou uma fotografia de Rabhia, colocou-a a um palmo do rosto de Margarida e atacou:

— Eu venho falar da morte desta jovem.

Margarida voltou a abrir os olhos, arrancou a fotografia da mão do agente, cuspiu nela e atirou-a ao chão.

— Essa é muito puta.

— Mas a senhora é que lhe ensinou — disse Bernardo Sozinho depois de apanhar a fotografia com as impressões digitais da velha. Margarida apercebeu-se que os vizinhos aproximavam-se atraídos pela discussão e entrou, deixando a porta aberta. Bernardo Sozinho acompanhou-a e fechou a porta.

— História dessa aí você não conhece. Senta. Até estás bem-apessoado! Quer vinho? Bernardo fez que não enquanto tratava de proteger a fotografia no equipamento que trazia na pasta de costas.

— Rabhia lhe salvei a vida, mas, puta ingrata, roubou meus clientes. Lhe apanhei na Baixa, a chorar, disse um senhor Boanar... trabalha lá na Baixa, no Salim. Quem é Salim? Tem loja de lâmpada, na Baixa. Esse Boanar lhe levou de Nampula por causa dessa guerra. Fugiram, mas depois lhe esqueceu na Baixa. Eu lhe apanhei, cuidei-lhe e lhe ensinei tudo. Clientes vinham aqui por nossa causa, mas eu já estou velha, mas a casa é minha. Discutiu porque dizia dinheiro era pouco, então eu disse vai-te embora. Sthoe mais aquele amigo dele vinham aqui, todos dias, e outros...

Bernardo Sozinho achou estranho que Margarida falasse do mestre naquele tom, com aquele à vontade, como se soubesse que o mestre o tivera dito que frequentara a casa.

...por isso ela começou confusão de dinheiro, mas eu disse a casa é minha, então vai-te embora. Não foi sozinha, levou meus clientes. Não sou nova no negócio, só estou velha, por isso abuso não gosto.

— Por isso a senhora a matou?

— Cada um mata como pode. Eu também já morri. E quem me matou? Foi quem? Rabhia. Você me prende? Não sou pequena, saio amanhã pra rir na tua cara. Essa morte não interessa. Ou vou-te falar mortes de verdade? Queres ver? Você nem me conhece, só vem aqui, diz vai-me prender. Me prende lá.
Por que teu chefe não veio contigo? Lhe pergunta. Sabe aqui não é fácil, afinal é primeira vez? Acha ele gosta de ti? Tem medo.
— Medo?
— Sim, medo.
— Medo que quê?
— De teu tio.
— Meu tio?! A senhora conhece meu tio? Qual meu tio?
Margarida soltou uma gargalhada estrondosa e disse: — Vanimal, teu tio Vanimal. Não é esse o nome?
— É — disse Bernardo Sozinho, confuso.
— E como achas sei?
Bernardo Sozinho calou-se, agora assustado.
— É simples, estivemos todos em Niassa, na guerra.
— A senhora... a senhora afinal fala...
— Se falo bem o Português? — disse Margarida a rir-se. — Agora imagina que aqui ninguém sabe. Faz parte do disfarce. Aqui não passo de uma prostituta analfabeta. É o meu trabalho, pagam-me para isso, para manter a ordem neste bairro e na Baixa, já agora. Para manter até uma ordem nacional, se for necessário. Estou a instruir outras putas como eu, mas não vivem da fornicação, nenhuma de nós vive da fornicação. É verdade que isto muda-nos um pouco o caráter, ossos do ofício, ficamos como que loucas.
— Isto não pode ser verdade!
— Já te provei que é verdade, Bernardo.
— A senhora me conhece?!
— Antes de te dares como gente. Eu sou mais do que tu imaginas. Olha bem pra mim, para esta casa, estes móveis, olha bem para a minha pele, ainda que velha. Nem as putas finas conse-

guem este trato.

Bernardo Sozinho colocou as mãos na cabeça, incrédulo. Bem que o mestre disse que a senhora é ardilosa. Margarida sorriu, irônica.

— Ardilosa, eu? Olha, vou-te dizer: eu tirei a vida a essa pobre moça, injetei-lhe heroína depois de bebermos copos de vinho, a bebida preferida dela, embora não fosse dada ao copo. Mas quem inventou toda esta história foi o Sthoe. Para se livrar das ameaças do teu tio, ele precisava de um caso urgente. E quando ele precisa de casos urgentes, fala com quem, com quem? Aqui com a Margarida. Então armamos e encenamos toda esta farsa, até fingimos que não nos conhecíamos. Eu sou assim, consigo saber quem vai morrer antes que se consuma o ato. Eu sou importante nisto tudo porque fui eu quem contou ao Sthoe que o Vanimal teve um filho com a esposa dele.

— Isto não é possível! — gritou Bernardo Sozinho.

— Claro que é, meu jovem. Mas se avaliares bem, Rabhia morreu por tua causa, para te tornasses no homem que se espera depois desta conversa terminar, um homem novo. Digamos que foste reeducado. Podia ter sido com qualquer outra pessoa, mas caiu-me às mãos a Rabhia e com um detalhe interessante, era cega, o que me dava mais chances de a manipular à vontade. Portanto, a saída dela da minha casa faz parte de toda a encenação. Eu devia libertá-la para morrer.

— Assassinos! — gritou Bernardo Sozinho, colocando-se de pé. Tinha o punho direito cerrado e tremia.

— Não somos assassinos, mantemos a ordem. Rabhia morreu para tu renasceres, pensa nisso. E obviamente para Sthoe não ser preso. E até para o teu tio, que cuida de ti, não ser acusado de estupro. E também porque o tribalismo morreu. Agora que já sabes a verdade, desliga o gravador e deita fora a fotografia com as minhas impressões, há verdades que devem ser esquecidas.

Bernardo Sozinho não conseguia falar, não conseguia sequer pensar. Tinha apenas uma convicção, a vida é simples-

mente estúpida.
— Tudo por tua causa.
— Isto não foi por minha causa, nem fica assim.
— Isto fica como nós quisermos...

21

Bernardo Bastante Sozinho parou na primeira barraca que encontrou à saída da casa da prostituta Margarida. Dirigiu-se ao balcão e pediu uma cerveja.

— O senhor tem certeza que quer cerveja?

O agente ia dizer um impropério, mas descobriu, diante de si, Minjurda. Olhou à volta, as pessoas pareciam todas olhar para si, teve a sensação de ser o tema das conversas, o motivo das gargalhadas que preenchiam o ambiente, e tudo aquilo, o espaço, as pessoas, a música barulhenta, pareceu-lhe um covil de víboras. Mirou a cerveja à sua frente, depois fitou Minjurda e assustou-se com a ironia no seu largo sorriso. Voltou a observar a cerveja e desconfiou, achou melhor não beber. Recuou dois passos e apressou-se em abandonar a barraca onde as pessoas ficaram a conversar, a ouvir música alta e a rir com o tom ridículo de uma alegria efêmera.

Ao abrir a porta do gabinete, o agente Sthoe encontrava-se sentado, a tamborilar os dedos no tampo da velha secretária. Sobre a secretária havia um copo cheio e uma garrafa de uísque na metade.

— É sempre o senhor!

— É a minha sina.

— Matar?

— Não. Morrer...

— Não sei o que fazer. Por mais raiva que sinta do senhor, não sei o que fazer. Por favor, o que devo fazer? Não sei nada.

Não consigo pensar em nada. Estão a brincar comigo?

— Vem cá. Senta-te na minha cadeira.

Bernardo Sozinho aproximou-se e sentou-se na cadeira, mas muito alheio à cena. O agente Sthoe afastou-se e colocou-se diante da porta. De costas para o discípulo, pegou na maçaneta.

— Agora que estas aí, Bernardo, faça diferente — disse, suspirou, abriu a porta e saiu.

Durante o resto do dia, Bernardo Sozinho chorou fechado no gabinete. Quando abriu a porta, a secretária sentiu-lhe o bafo a álcool. Ela sorriu, meneou a cabeça e continuou a remexer no monte de papéis.

No dia seguinte, Bernardo procurou por Boanar Momad. Ao chegar à loja do Salim, perguntou pelo homem e indicaram-lhe o senhor no Caixa. Bernardo aproximou-se e disse ter notícias de Rabhia.

— Allah é Grande! Onde é que ela está?

— Ela perdeu a vida.

Boanar chorou, culpou-se pela morte da amada. Depois contou como se conheceram, como chegaram a Maputo, falou dos sonhos de ambos. Falou do velho Mussagi, era como um avô para ela! Finalmente, disse que tentou procurá-la, mas que nunca achou uma pista do seu paradeiro.

— Ela está na morgue do Hospital Central, mas deseja regressar à sua origem.

— Como é que o senhor sabe... Espera aí, eu conheço a sua cara. O senhor nos mandou parar.... Sim senhor, foi o senhor que nos mandou parar na Francisco Matanga; o senhor apontou-lhe uma arma...

— Essa é uma longa história, conto-lhe durante a viagem.

Boanar Momad lançou um olhar desconfiado sobre Bernardo Sozinho.

— Como é que o senhor soube que ela morreu?

— Eu vou esclarecer tudo na viagem, agora tratemos de transladar o corpo.

— Eu pago essa viagem, faço questão. Todas as despesas.
— Ela paga tudo, deixou dinheiro para o regresso.
— Como assim, ela sabia que iria morrer?
— Todos sabemos, Boanar — disse o policial, e concluiu:

"Contudo, somos maningue felizes..."

O AUTOR

LUCÍLIO MANJATE nasceu em Maputo, capital de Moçambique, em 13 de janeiro de 1981. É formado em Linguística e Literatura e em Filosofia pela Universidade Eduardo Mondlane, onde é professor de Literatura na Faculdade de Letras e Ciências Sociais da mesma Universidade.

É membro da Associação dos Escritores Moçambicanos (AEMO), da Sociedade Moçambicana de Autores (SOMAS) e Coordenador Editorial da Fundação Fernando Leite Couto.

Participa também de eventos internacionais como jornadas literárias e outros encontros culturais. Escreve matérias para jornais e revistas e livros, alguns premiados, como *Os silêncios do narrador* e *Rabhia*. É autor de obras em prosa para adultos e para crianças.

Obra do autor

- *Manifesto*. Maputo: TDM, 2006.
- *Os silêncios do narrador*. Maputo: AEMO, 2010.
- *O contador de palavras*. Maputo: Alcance, 2012.
- *A legítima dor da Dona Sebastião*. Maputo: Alcance, 2013.
- *Literatura moçambicana: da ameaça do esquecimento à urgência do resgate*. Maputo: Alcance, 2015. (coautor)

- *O jovem caçador e a velha dentuça*. São Paulo: Kapulana, 2016. [Vozes da África]
- *A triste história de Barcolino, o homem que não sabia morrer*. São Paulo: Kapulana, 2017. [Vozes da África]; Maputo: Cavalo do Mar, 2018.
- *Rabhia*. Lisboa: Edições Esgotadas, 2017; São Paulo: Kapulana, 2022. [Vozes da África]
- *Zua e Mwêdzi vão à caça das palavras*. Maputo: Alcance, 2018.
- *Geração XXI – Notas sobre a nova geração de escritores moçambicanos*. Maputo: Alcance, 2018.
- *O rosto e o tempo: antologia poética comemorativa dos 35 anos de vida literária de Armando Artur*. Maputo: Alcance Editores, 2021.

Prêmios e destaques

2006: Prémio Revelação Telecomunicações de Moçambique: pela obra *Manifesto* (contos).

2008: Prémio 10 de Novembro: pela obra *Não me olhe com tanto ouvido boquiaberto* (romance posteriormente publicado com o título *Os silêncios do narrador*).

2017: "Prémio Literário Eduardo Costley-White": Rabhia.

2017: FliPoços 2017 – 12a. Feira Nacional do Livro de Poços de Caldas. Participante da comitiva de Moçambique, país homenageado na festa literária e lançamento de seu livro *A triste história de Barcolino, o homem que não sabia morrer*.

2017: "II Jornada de Teoria Literária e Literaturas Africanas", Unicamp /GELCA 2017 . Campinas – SP. Participação em mesa de debates sobre literaturas africanas de língua portuguesa, com sessão de autógrafos da edição brasileira de *A triste história de Barcolino, o homem que não sabia morrer*.

2019: Participação na "Travessia das Letras – 1ª Festa Infantojuvenil da Língua Portuguesa". Oeiras, Portugal, 30 e 31/03/2019.

2020: Participação na FLISS, Festa Internacional de São Sebastião. Palestra "Literaturas Africanas". Online, 27/08/2020.

2020: Participação no TEMPLO DE ESCRITAS, I Festa Literária Internacional da Língua Portuguesa. Mesa redonda "Diálogos sobre o espaço da CPLP: Circulação, Silenciamentos e institucionalização de uma literatura de língua(s) portuguesa(s)". Online, 7/10/2020.

2020: Participação na mesa "Literatura de língua portuguesa pós-covid: desafios e perspectivas". Feira do Livro de Maputo. Online, 24/10/2020.

2020: Participação no Painel de Literatura Moçambicana. Transmissão pela TV UNEB SEABRA, 31/10/2020.

2020: Participação no Simpósio de Literaturas Africanas e Afro-brasileiras: Encruzilhadas Epistemológicas, Interseccionalidade e culturas de fronteira. Mesa "Literatura Moçambicana Contemporânea". Online, 27/11/2020.

2021: Participação na mesa "Será que a literatura ajuda a criar uma zona de intervenção cívica?", Feira do Livro de Maputo em homenagem ao escritor Ungulani Ba Ka Khosa. Online, 21/10/2021.

2021: Participação na série "Áfricas", TV 247. *Entrevista à Profa.* Rita Chaves. Mediação de Victor Castanho. Online, Brasil, 15/07/2021.

2021: Participação na "Confraria da Palavra". Mediação de Edson Cruz. Online, Brasil, 18/12/2021.

fontes	Gandhi Serif (Librerias Gandhi)
	Montserrat (Julieta Ulanovsky)
papel	Pólen Natural 80g/m²
impressão	BMF Gráfica
imagem capa	Freepik.com